古典詩歌研究彙刊

第九輯

龔鵬程 主編

第20冊

屈翁山忠愛詩研究

張靜尹 著

國家圖書館出版品預行編目資料

屈翁山忠愛詩研究／張靜尹 著 -- 初版 -- 新北市：花木蘭文化出版社，2011〔民100〕

目 2+134 面；17×24 公分

(古典詩歌研究彙刊 第九輯；第20冊)

ISBN 978-986-254-538-6（精裝）

1.（清）屈大均 2. 傳記 3. 清代詩 4. 詩評

820.91 100001476

ISBN-978-986-254-538-6

古典詩歌研究彙刊

第九輯 第二十冊 ISBN：978-986-254-538-6

屈翁山忠愛詩研究

作 者 張靜尹

主 編 龔鵬程

總編輯 杜潔祥

出 版 花木蘭文化出版社

發行所 花木蘭文化出版社

發行人 高小娟

聯絡地址 新北市永和區中正路五九五號七樓之三

電話：02-2923-1455／傳眞：02-2923-1452

網 址 http://www.huamulan.tw 信箱 sut81518@ms59.hinet.net

印 刷 普羅文化出版廣告事業

初 版 2011年3月

定 價 第九輯20冊（精裝）新台幣28,000元

屈翁山忠愛詩研究

張靜尹 著

作者簡介

張靜尹，一九六九年生，台灣台南縣人。畢業於於國立中興大學中文系，並於高雄師範大學國文系取得碩士、博士學位。曾任教於私立文藻語專（現已升格為文藻外語學院）、屏東商業技術學院、屏東教育大學。目前為大仁科技大學專任副教授，教授國文與通識課程。學術專長為：清代詩歌與古典詩詞、詩論。曾發表〈從沈宋風流到陳子昂風骨〉、〈試析晏幾道詞之「貴異」〉、〈論范仲淹漁家傲詞〉……等單篇論文。

提　　要

屈大均（字翁山）是明末清初崛起於嶺南的忠愛詩人。由於他親遭亡國之痛，故其作品以抒發故國淪亡的悲慨與民族氣節的堅持為主題；情感上，噴發著強烈的至情至性，風格上則雄直奔放而又變化多端。因他的詩歌大多數以抒寫家國的忠愛之情為主，而且這類作品亦最能展現他的創作藝術特色，所以本文以他的忠愛詩篇為主要的研究範疇，經由對作品的分析探討，以了解屈大均在清初詩壇何以能因獨樹一幟的詩風而成名家，期能對這位愛國詩人一生的志節文學有所推展。本文的探討共分為七章：

第一章：〈緒論〉，說明研究動機與研究方法。

第二章：〈屈翁山之生平與詩歌創作〉，分為生平略歷、師友概況、學詩淵源三方面來論述。

第三章：〈屈翁山忠愛詩之題材類型〉，將屈翁山的忠愛詩篇的題材類型分為：歌詠節烈情操、諷刺政治黑暗、哀憐民生疾苦三方面加以概括，由此了解屈翁山忠愛詩篇中，以社會寫實、反映民苦的方式來表現對家國的關懷之情。

第四章：〈屈翁山忠愛詩之旨趣分析〉，本章借由對忠愛詩篇的旨趣分析，深掘詩人含藏的忠貞的之情，明瞭詩人的理想抱負，與身處嚴峻的清初文網之下，欲訴不能訴的隱衷。

第五章：〈屈翁山忠愛詩之表現藝術〉，分析作品的表現技巧，以見屈翁山如何運用多樣的藝術手法來表達「忠愛之情」此一嚴肅的主題。

第六章：〈屈翁山忠愛詩之風格變化〉，引證探討屈翁山忠愛詩篇兼俱多種風格的情形，並進而詳究其詩風變化萬端又不失雄直之氣的背景、原因。

第七章：〈結論〉，綜合以上各章的研究，對屈翁山忠愛詩篇的藝術成就作一整體的綜述。

目次

第一章　緒　論

第一節　研究機動與論題範圍

清代詩歌繼元、明之後，有它獨具的特色。尤其清初遺民詩人，當他面對天崩地裂的時代大變動，紛紛以詩歌反映他們的歌哭思懷。「國家不幸詩家幸，賦到滄桑句便工。」（趙翼〈題遺山詩〉），這些人的詩歌有一共同主題，就是在內容上具有堅強的民族意識，抒發深刻的家國之感。但在創作道路上，不少作家都能獨具一格，自成面目。此一時期的詩壇名家如陳子龍、錢謙益、吳偉業、顧炎武等，前人已多所論及；但此際以雄直奔放而又變化多方的詩風崛起詩壇的嶺南詩人，卻少人研討。嶺南三大家之一的屈大均（翁山），便是眾多遺民詩人之中，作品既有強烈的時代意義又能表現地方與個人特色的一位。

翁山詩歌在他生前就頗受好評，如顧炎武〈屈山人大均自關中至〉一詩即稱讚翁山云：「弱冠詩名動九州，紉蘭餐菊舊風流」；又朱彝尊爲翁山的《九歌草堂詩集》所寫的序中提到：「予友屈翁山，爲三閭大夫之裔；其所爲詩，多愴怳之言，皭然自拔於塵埃之表。」後人對翁山其人其詩亦有所稱述，如沈德潛《清詩別裁》云：「翁山天份絕人，而又奔走塞垣，交結宇內奇士，故發而爲詩，隨所感觸，自有不可一世之概。欲覓一磊落怪偉之人對之，藝林諸公，竟罕其匹。」由此可略窺翁山獨樹一幟的行事為人與作品風格。

由於親遭亡國之痛，翁山的作品，以抒發故國淪亡的悲慨和堅持民族氣節為主體。鄧之誠《清詩紀事初編》即說翁山詩歌中「憤激指斥之語，幾乎篇而有之」，這是堅持民族氣節、對清廷不滿的表現；近人袁行雲、高尚賢選注的《明詩選》亦云：「（翁山）借弔古詠史寄託故國之思，幾乎無一篇不有之。」陳永正《嶺南歷代詩選》則曰：「其（翁山）集中最優秀的詩歌，還是那些反抗民族壓迫之作，……這些詩慷慨鬱勃，意象雄奇，寄託深遠，無論從思想內容和藝術手法來說，都是明代第一流的作品。」綜上所述，即可知翁山有關家國之情的詩歌之所以受人矚目，一則是因這類題材、旨趣的詩歌佔了其作品中的大多數；二則這類作品最能表現他的藝術風格。因此，本文以他這類內容的詩歌作為研究對象，用他自己詩中所言：「家學元騷賦，依依忠愛情」，而將這類詩歌名為「忠愛」詩篇。

翁山的忠愛詩篇，由於表現出強烈的故國之思，堅定的遺民志節，憤懣的反清思想，終於在他去世後，於雍正八年和乾隆三十九年兩度遭禁。《清代文字獄檔》中之〈屈大均詩文及雨花臺衣冠塚案〉云：「翁山、元孝（陳恭尹）書，文中多有悖逆之詞，隱藏抑鬱不平之氣。又將前朝稱呼之處，俱空抬一字，惟屈翁山為最，陳元孝間亦有之。臣觀覽之餘，不勝駭愕髮指。」（見《清代文字獄檔案》雍正八年〈傅泰奏屈明洪繳印投監褶〉），又云：「屈大均造作逆書，肆行狂吠，罪大惡極，覆載不容。」清廷大肆搜羅翁山的詩文加以銷燬，並將各選本、合集中有翁山作品之處抽燬。極盡所能的剷除，導致翁山作品流傳不廣，直到清道光、咸豐之後，方得以陸續重刊（詳情見汪宗衍《屈翁山先生年譜》）。翁山在清初詩壇中，雖不似錢謙益、吳偉業、顧炎武等人有影響力及名氣，然其作品亦頗具特色。在歷經清代文字獄的浩劫又重見天日後，更有一探究竟的必要。藉著本文的撰寫，希望對這位詩人義士的志節文學有所彰顯，並收到拋磚引玉之效。

第二節　資料運用與研究方法

本文研究翁山的忠愛詩歌，是以其詩集《翁山詩外》爲最直接的主要資料。據朱希祖〈屈大均著述考〉一文，知翁山的詩集有《道援堂詩集》、《翁山詩略》、《翁山詩外》、《屈翁山詩集》、《翁山詩鈔》等多種選本。其中《翁山詩鈔》今已未見傳本；〔註 1〕《翁山詩外》乃是彙合翁山自選《道援堂詩集》、《翁山詩略》兩詩集的作品而成，由《翁山詩外》自序所云：「是編凡千有餘編，從《道援堂》、《翁山詩略》二種簡出」可得，清徐肇元《屈翁山詩集》跋亦謂：「《翁山詩外》數十卷，蓋彙《道援堂》、《九歌草堂》諸集之全者。」因《翁山詩略》版心有「九歌草堂」四字，故徐肇元稱《翁山詩略》爲《九歌草堂集》，非《詩略》之外另有所謂《九歌草堂集》。翁山〈詩外自序〉云《詩外》乃是由《道援堂》、《翁山詩略》二集簡選而出，徐肇元卻說是彙二集之全者，二說當以翁山自己於《詩外・自序》所言較爲正確。而《屈翁山詩集》乃是《翁山詩外》成書之後，清康熙年間徐肇元再選編其中作品而成，故本文以較爲完備的《翁山詩外》爲作品主要資料來源。

朱希祖〈屈大均著述考〉云：「《詩外》原刻本，今已不可見。」並於文中列出其所見的三種《翁山詩外》的版本：一爲康熙丁丑凌鳳翔刻本，今藏於廣州中山大學圖書館。二爲康熙刻殘本，爲朱希祖在廣州購得，前無敘錄，亦不知何人所刻。三爲清宣統二年（1912）上海國學扶輪社鉛印本二十卷，詩十七卷，約六千多首；詞三卷（第三卷缺，實爲兩卷），前有翁山自序，黃廷璋序，王隼《騷屑詞》序。《翁山文外》末有歸安王文濡跋云：「本社（國學扶輪社）春於江南圖書館覓得《詩外》一種，於粵東友人處覓得《文外》一種，皆係鈔本。」

〔註 1〕朱希祖〈屈大均著述考〉：云「宣統番禺縣志屈大均傳屈沱二十四種內有《詩鈔》，與《文鈔》對舉。案翁山晚年，既有《文鈔》十卷以載《文外》之文，則或有《詩鈔》以載《詩外》之外之詩，未可知也。」

蓋《翁山詩外》乃是據江南圖書館所藏鈔本付印，至於江南圖書館所藏鈔本詳細情形為何，就不得而知了。嚴志雄〈屈翁山《翁山詩外》版本考略〉於上列三種版本之外，又另列黃廷璋序刻本一種，謂清康熙間刊本，今藏於廣州的廣東省中山圖書館善本室。《翁山詩外》近世最通行的本子，是上述宣統年間上海國學扶輪社的鉛印本。因其他善本書不易得見，本論文的寫作即是以現藏於中央研究院歷史語言研究所的國學扶輪社鉛印本為主要參考資料。另外，清徐肇元所編的《屈翁山詩集》雖是選自《翁山詩外》，但「今世所傳《詩外》，皆原版散佚後補刻，尚非足本。」（朱希祖〈屈大均著述考〉），而徐氏選編《屈翁山詩集》乃是「選自《詩外》足本」（《屈翁山詩集》徐肇元跋文），故徐氏所選極具參考價值。其他如臺大研究圖書館所藏王隼輯《嶺南三大家詩選》，其中選錄了翁山《道援堂詩集》的作品共八卷，亦具參考價值。

由於本文撰寫所根據的上海國學扶輪社鉛印的《翁山詩外》、徐肇元《屈翁山詩集》、王隼輯《嶺南三大家詩選》三書均為未經標點箋注的線裝善本，限於個人學力才識，恐詩義的解釋、典故出處、作品寫作背景及繫年不易掌握，故又廣為參考大陸出版、由今人所編選注釋的各類選注本，如：廣東人民出版社的劉斯奮、周錫馥選注的《嶺南三家詩選》，陳永正選注的《嶺南歷代詩選》、錢仲聯《清詩紀事》等書，以求分析作品時能儘量減少錯誤發生的機率。

至於翁山的其他著作如《翁山文外》、《翁山文鈔》、《皇明四朝成仁錄》、《廣東新語》等書，也是研究其詩歌極重要的佐證資料。從中可對翁山的生平遭遇、行誼節操、思想抱負、文學理論、詩歌創作觀念等，有更深入的了解與認識。尤其《翁山文外》、《翁山文鈔》中有許多遊記之作，詳細記述他遠遊東北、西北時所見的風光、遭遇，明朝遺留下來的舊墟廢壘，這些對於了解翁山的邊塞詩和詠古弔古詩都有很大的幫助。而《皇明四朝成仁錄》，是翁山挾全力作成的私史，搜羅明末清初全國各地的抗敵殉難事件。翁山歌詠殉國節烈的詩篇的本事，《皇明四朝成仁錄》幾乎皆有記載。《廣東新語》所寫乃是關於廣東天文地理、經濟物產、人物風俗等內容，對了解翁山詩歌中所援引的地方風物裨益甚大。除此之外，其附於《翁山詩外》末的詞集〈騷屑詞〉，亦是分析翁山詩歌時可供參考的材料。

翁山身後作品遭文字獄之禁，遺書列入禁燬書目之中，「故省、府、縣志不爲列傳，清代傳記皆記述簡略。」（汪宗衍《屈翁山先生年譜》引言）。因翁山爲清廷所禁忌的人物，清代傳記記述頗爲粗略，亦不見專論翁山生平的著述。近人研究翁山生平的著述則有朱希祖的〈屈大均傳〉，柳作梅的〈屈大均之生平與著述〉，此二篇均屬期刊論文性質，內容有限。至汪宗衍《屈翁山先生年譜》一書，鉤稽考證，極意推尋，大抵翁山生平行事至此才有較爲詳細的說明，也對翁山之詩、詞、文之大部份作了繫年考訂，本文凡涉及翁山作品的撰寫年代，大部份是參考汪氏《屈翁山先生年譜》之說。

後人專對翁山詩歌的研究並不多見，香港珠海學院何敬羣的碩士論文《屈大均研究》，乃著重於翁山整體學術的研究，僅在第四章第三小節討論《翁山詩外》時，對翁山的詩歌及論詩見解作一概略的介紹。而單篇論文方面，目前經見的僅有下列數篇：

（一）黃慶雲〈屈翁山之詩〉，《大風半月刊》第六十期，1940 年。

（二）楚公〈屈大均其人與詩〉，《暢流》二十二卷第五期，民國 49 年 10 月。

（三）林斌〈民族詩人屈大均及其文字獄〉，《暢流》三十七卷五期，民國 57 年 4 月。

（四）林光灝〈屈大均及其文字獄〉，《藝文誌》一○一期，民國 63 年 2 月。

（五）陳香〈閩粵兩詩雄——鄭思肖與屈大均〉，《藝文誌》一○四期，民國 63 年 5 月。

（六）陳荊鴻〈屈大均其詩其人〉，《廣東文獻》四卷二期，民國 63 年 6 月。

（七）祝秀俠〈略述屈翁山及其著述〉，《廣東文獻》八卷四期，民國 67 年 12 月。

（八）曹思健〈屈大均澳門詩考釋〉，《珠海學報》第三期，1970 年。

（九）黃海章〈明末愛國詩人屈大均〉，廣州《中山大學學報》1959 年第三期。

（十）黃軼球〈試論屈翁山及其創作〉，《暨南大學學報》1979 年第一期。

（十一）倪懷烈〈屈大均的愛國詩篇與雨花臺衣冠塚案〉，《嶺南文史》1985 年第二期。

以上諸篇，第一篇至第七篇多爲介紹、泛論、淺析性質，不過其內容均特別點出翁山詩歌強烈的忠貞愛國之情。第八篇乃是將翁山有關澳門之詩篇作名物上的考釋。第九篇至第十一篇爲大陸方面的研究，對作品的分析探討較爲深入詳細，而且其篇名特別標出「愛國詩篇」，可知翁山忠愛詩篇之特出。但要注意的是，大陸方面的論文中所標舉的「愛國」二字，主要是指翁山對清廷堅決反抗、至死不屈的反侵略立場；而翁山對明朝的睠睠忠愛與緬懷，他們卻認爲那是封建思想的餘緒，不值得重視，這與本論文以「忠愛」二字名篇的內涵，顯然有所不同。另外，翁山詩歌中雖對清廷多所憤激指責，然而他也不贊成明末李自成、張獻忠等闖賊的擾民篡國。而大陸方面卻視李自成、張獻忠等人爲「農民起義英雄」，加以頌揚，因之將翁山對闖賊的指責視爲封建主義的偏見。這是本文採用大陸期刊論文資料時，所特別注意到的立場偏頗現象。

以上是本文搜集、掌握各種主要資料的大致清況，因翁山作品於清朝曾兩度遭禁，以致流傳不廣，少人研究，其詩集著作亦缺乏今人完整的點校箋注，因此行文之中多直接就原始資料下手。對各類間接資料，亦力求搜集完備，研讀判斷，再酌予參考引用。

至於本文論題的進行，則依下列順序的環節展開：

一、翁山的「忠愛」詩歌，與其所處時代環境和生平經歷有著極爲密切的關係。由於生當明清易代之際，目睹家國破亡之慘，在他抗清活動一再受到挫折之後，立志以詩存史，記其實蹟，以詩歌寄託其忠愛情懷，冀能昭之來葉。他的詩歌可說是根據現實，有所爲而爲的，並非單純抒發情感的不平之鳴。因此，翁山在當時的環境之下的行事經歷，對其詩歌主題的傾向、材料的選擇、風格的形成皆有深刻的影響。本文第二章第一節即對其生平作一重點式的敘述，將其生平事跡和作品相印證，用他的行止來解釋他的作品，並可看出翁山一生詩歌藝術每一階段題材和表現上的變化。第二節則藉翁山與朋友的詩歌唱答往來，以見其日常生活中，不忘以國家大義與朋友相勉的情操。第三節討論翁山學詩的淵源，主要是據翁山自己的表述來看他創作的取法對象，及如何學習等問題，以作爲分析其作品的內涵、旨趣、風格的參考。

二、翁山「忠愛」詩篇的題材類型，分爲歌詠節烈情操、諷刺政治黑暗、哀憐民生疾苦三方面論述，除了可了解翁山忠愛詩篇題材方向之外，也可藉此了解詩人所處的社會環境，以推測詩人面對此一環境時的可能的心理狀態。

三、本文所要分析探討的乃是翁山的「忠愛」詩篇，《翁山詩外》的六千多首詩當中，除了少數極純粹的和韻贈答、寫景、詠物、描述私情的作品之外，其餘幾乎篇篇語涉忠愛。第四章所討論的即是這些「忠愛」詩篇之旨趣。作法上先由翁山的論詩主張中找出其作品旨趣上的主要趣向，再將作品以題材分爲：1. 睹物感舊的故國之思；2. 抒發壯志的慷慨悲歌；3. 感事傷時的抒懷之作；4. 詠史擬古以託家國之情。由賞析中逐漸歸納、整理出作品的主旨。

四、「忠愛精神」是一嚴肅的主題，如果沒有高明的表現藝術，則作品容易流於刻板呆滯的說理、議論，如此便失去詩歌藝術強烈的感染力和活潑性了。本文第五章即欲探究翁山詩歌的表現藝術，探討其技巧上運用表現的特色，並在文中隨機點明。

五、作品的內容旨趣與外在的表現手法，相融相成之後，即表現出作品的風神面貌。本文第六章即結合前面作品旨趣和藝術表現技巧，並參考前人對翁山詩歌整體風格的論述，以探討翁山忠愛詩篇所呈現的風格，並略為分析各種可能影響風格形成的因素。

六、根據以上諸章節所研究討論的結果，歸納翁山忠愛詩篇的特色與成就，作為全文的結論。

第二章　屈翁山之生平與詩歌創作

翁山一生的遭際，爲其詩歌提供永恆不朽的精神內涵；無論是時代動亂的痕跡、故國舊君之懷思、個人遭際之坎坷，在他的作品中皆有深刻的反映。關於他的生平及詩文繫年，近人汪宗衍先生所撰之《屈翁山先生年譜》已所言甚詳，本章據汪氏年譜將他的生平事跡、交游情形和學詩淵源作一略述，以了解其創作個性與創作題材的形成。

第一節　生平略歷

一、家世與童年

屈大均（1630～1699），字翁山，又字介子、泠君，廣東番禺人。生於明崇禎三年，卒於清康熙三十五年，年六十七。他的一生，正遭逢明清鼎革之大動亂時代。明亡之後，曾隨其師陳邦彥積極參與抗清活動。後遠遊東北、西北，觀山川險阻，結交反清志士，以圖恢復。康熙十一年三藩之亂時，曾加入吳三桂軍從事反清之舉。待事無可成，則退隱以詩文存史爲志，守節終老，即使貧困窮愁也不曾動搖他不仕清廷的態度。遺民志節，可哀可敬。至於他的家世，他在爲屈氏族譜《閭史》〔註1〕所寫的〈閭史自序〉中敘述祖先的來歷時說道：

〔註 1〕《閭史》是屈氏族的，翁山〈閭史自序〉云：「沙亭之屈故有譜，……

吾番禺屈氏當宋南渡時，有祖迪功郎諱禹勤時，實從關中來，始居沙亭，〔註2〕今至予十有八世。不知迪功郎之祖何人，或即三閭大夫之後未可知。要知皆楚之同姓，帝高陽之苗裔云。

由此知屈氏祖先，是在南宋紹興年間南遷至廣東番禺沙亭鄉，傳至翁山爲第十八世。由於姓屈，在心理上翁山總認爲自己和屈原同爲「楚之同姓，帝高陽之苗裔」，是三閭大夫的後裔；加之相似的懷抱，因此對屈原其人其文，也就存有非比尋常的想慕，時常在詩文中自稱「我祖維靈均」、「家學元騷賦」了。

翁山父親屈宜遇，字原楚，號澹足，幼遭家難，寄養於南海邵氏，故翁山是在南海誕生的。初名邵龍（或稱紹隆），直到十七歲補諸生才復姓屈。翁山幼時，澹足公對他督導甚爲嚴格，親自爲他講解書中義理。家中雖貧困，但「每得金，必以購書。」（《翁山文外》卷七〈先考澹足公處士四松阡表〉）他並曾告誡翁山：「吾以書爲田，將以遺汝。吾家可無田，不可無書。汝能多讀書，是則厥父播、厥子耘耔，而有秋可期矣。」翁山便在「以書爲田」的庭訓中接受教育。在父親慇督促之下，翁山亦不負所望，比同齡的孩子更加苦心勵學，曾自言：「予年十四五，甫知問學，即皇皇親師取友，從里中賢豪長者遊。」（《文鈔》卷一，〈黎太僕公畫像記〉）可見其用心向學之一斑。

其譜曰《南宋屈氏家乘》，吾易其名曰《閭史》。」

〔註2〕《文外》卷七〈先考澹足公處士四松阡表〉云：「先考諱宜遇，……，蓋宋紹興間自關中來，爲南屈之祖迪功郎翰林誠齋公諱禹勤之第十七世孫也。」此說與〈閭史自序〉同，皆言屈氏南遷是在南宋紹興年間。但《文外》卷二，〈西屈族祖姑韓安人遺詩序〉卻說：「考吾屈自漢高帝遷之關中，於是關中多屈氏……。傳至有唐，吾屈有節度使諱政者，自關中來，始居梅嶺之南。南宋時其孫迪功郎誠齋又遷於番禺沙亭，今子姓千有餘人，輒稱三閭大夫之裔，復號爲南屈，以別於關中之西屈。」此言屈氏南遷於唐代，與前說異，則屈氏自關中南遷的時間有兩說。

二、早年之抗清與逃禪（十五歲～二十三歲）

明思宗崇禎十七年（1644），李自成率領賊軍進逼京師，崇禎帝自縊殉國，時翁山年方十五。隨即清軍入關，大肆燒殺擄掠。次年，翁山因名孝廉曾起莘的介紹，從陳邦彥（巖野）讀書於廣州越秀山，翁山在〈秋夜恭懷先業師巖野陳先生〉詩裡，記述當時從師受學的情形道：

> 憶昔從師越秀峰，授書不與經師同。捭闔陰謀傳鬼谷，支離絕技學屠龍。天下山川能聚米，壯夫詞賦薄雕蟲。小子生年方十五，意氣飛騰思吞虎。噴玉纔蒙伯樂看，追風便向天墀舞。

由於當時國家正值民族絕續存亡的緊要關頭，而陳邦彥乃一有抱負之士，故他所授與翁山的，除了詞章之學外，更傳授他切合世用的政治、軍事知識，由詩中可見師徒以用世之志互相勉勵的情誼。而在翁山從學這段期間，政治局勢變化迭起，南明政權與清軍的抗爭慘烈的進行著。先是清軍攻略江南，消滅了南京的弘光政權。次年（1646），蘇觀生等人在廣州擁立唐王，改元紹武；桂王即位於肇慶，改元永曆。兩帝即位不久後，清軍揮戈南下，攻陷廣州，唐王被害，桂王則急忙逃往粵西。

當廣州陷落之際，澹足公曾以潔身大義勉勵翁山：「昔之時，不仕無義；今之時，龍荒之首，神夏之亡，有甚於春秋之世者，仕則無義。潔其身，所以存大倫也，汝其勉之。」（〈先考澹足公處士四松阡表〉）這對翁山日後之出處大節影響甚鉅。後翁山之師陳邦彥約大學士陳子壯（文忠）、仕郎張家玉（文烈）合謀在廣州附近起義，一時義師四起，時翁山亦懷捐軀報國之志，遂從陳邦彥軍獨當一隊，〔註3〕但此舉終因事機不密而告失敗，邦彥、子壯、家玉俱壯烈成仁。翁山

〔註3〕據汪宗衍先生《屈翁山年譜》載：「先生從陳邦彥軍獨當一隊，惟《屈氏家譜》十一載之，各家作傳從未述及。」今觀《詩外》卷二，〈維帝篇〉有「予時當一隊，矢盡猶爭先」語，或可為佐證。

〈書西台石文〉記當日追隨三公起義的艱難道：「予之事文忠、文烈、巖野三公，或執弭鞭於沙場，或奉血衣於空谷，其艱難險阻之狀，哀痛思慕之懷，至今不衰。」此一國仇師恨，在翁山心中蓋積成深沈的悲憤力量，同時也更堅定了其一生堅貞不屈的抗清精神。

永曆三年（1649），翁山奉澹足公之命赴肇慶行在，上中與六大典書，時桂王將任以中秘書之職，正是翁山可一展抱負的時機，不料卻因父親病危而倉卒歸里。是年冬父歿，年五十二。明年（1650），清兵再陷廣州，桂王被迫西走。翁山此時深感抗清局勢漸趨惡劣，事不可爲，遂削髮爲僧，禮函是和尚（即曾起莘）於雷峰海雲寺，法名今種，字一靈，而名所居曰「死庵」，〔註4〕表明自己不屈仕異族的立場，並在身上佩永曆錢一枚，以示對故朝君父永不忘懷之意。〔註5〕

翁山雖削髮爲僧，然並非有心事佛，乃是有所託而逃。黃宗羲《南雷文定後集》即言：「桑海之交，士之不得志於時者，往往逃之二氏」（〈鄭起西墓誌銘〉），翁山詩也有「今日東林社，遺民半入禪」（〈過吳不官草堂賦贈〉）之語。明末出家爲僧的遺民甚多，然大多數是借禪門爲逃遁之地，因爲如此，一則可免清廷的網羅而出仕的壓力，二則可逃避薙髮易服的命令。翁山自言：「嗟夫！士大夫不幸而當君父之變，僧其貌可也，而不必僧其心。」僧其貌而不僧其心，可知其意乃欲「以袈裟而報國恩」，以禪門作爲身份的掩護。況且翁山削髮爲僧後所師事之函是和尚，也不同於一般僧人；他雖在空門，但對諸弟子「仍以忠孝廉節垂示，以故從之游者，每于死生去就，多所受益。」（《勝朝粵東遺民錄》卷四），於此可略知當時知識份子逃禪的眞相。

當翁山三十二歲返儒服後，作〈歸儒說〉表明自己的心跡云：「予

〔註 4〕《文外》卷一一，〈死庵銘〉曰：「日死於夜，月死於晝。吾如日月，以死爲壽。晝夜之死，非日月之否。欲晝夜之生，須晝夜之死。」觀其意似以明朝之亡並非永久，而逃禪只是暫時的消聲匿跡而已。

〔註 5〕《文外》卷五，〈一錢說〉：「予也長於永曆，其懷一永曆錢也，不敢忘其所長之君父也。」

昔之於二氏也，蓋有故而逃焉，予不得已也。夫不得已而逃，則吾之志必將不終於二氏者，則吾未嘗獲罪於吾儒也。」他時刻不忘的，是國仇師恨之未雪，是儒家經世治用的胸懷。遁入空門，只爲伺機而動，並非眞有心於二氏。

三、中年之遠遊與從軍（二十三歲～五十歲）

（一）第一次遠遊

翁山〈二史草堂記〉一文云：「予也少遭變亂，屏絕宦情，蓋隱於山中者十年，游於天下者二十餘年。」（《文鈔》卷二）其實他自二十三歲起即時有遠遊之舉，每到一地，無不憑弔故國遺跡，攬涕悲歌，寄家國之慟，悼忠義之士。但他遠遊最大的目的，並非放情山水以激發創作的靈感，而是在觀山川險阻，爲恢復大業作地理上的考察，並廣交天下奇士，凝聚抗清力量，伺機以動。永曆十一年（1657）秋，他度嶺北遊，友人張穆畫馬贈別，因作詩以酬之曰：

> 清泉白石心已厭，慷慨欲遊關塞中。……可憐陌上握別時，桃花亂落黃鸝語。黃鸝睍睆不堪聽，離家去國怨孤征。白草連天過鹿磧，黃雲蔽日過龍庭。不是摩騰取貝葉，將同介子持長纓。（〈入張二丈畫馬送予出塞詩以贈之〉）

詩中首首自己已厭倦蟄居學道的日子，於是「慷慨欲遊關塞中」。而「不是摩騰取貝葉，將同介子持長纓。」則說明這次遠遊的動機，並非爲了宣揚佛法（翁山此時尚是緇流身份），而是充滿壯志豪情且欲有所作爲的。隔年春，翁山抵京師，訪求崇禎帝自縊殉國所在，痛哭失聲。又至濟南李氏家求崇禎御琴觀之，睹物感舊，作七言古詩〈烈皇帝御琴歌〉記其內心之激動：

> 臣尋弓劍煤山旁，淚哭參天雙海棠。宮門邂逅故嘗侍，曾見先皇諸寶器。烏號久已殉銀泉，龜書無復藏金匱。惟餘一琴賊不傷，眞人手澤猶光膩。花紋細作飛龍形，玉管親題翔鳳字。濟南李卿懷孤忠，千金購此太冥桐。……我從李卿請琴觀，楚囚相對泣南冠。……甲申三月燕京亂，此

琴七絃忽盡斷。玉殿橫飛鐵騎聲，天威先示空桑變。

翁山透過想像將此琴和明朝的滅亡聯繫在一起，心中的感慨一發不可抑遏。在濟南停留月餘之後，又東北出榆關，周覽遼東西形勢，憑弔袁崇煥督師之故壘而還。漫遊塞上這段期間，翁山沿途吟唱著激昂奮進的詩篇，如：「類此雄豪士，滔滔事遠遊。遠遊欲何之？驅馬登商丘。朝與侯贏飲，暮為朱亥留」（〈過大梁作〉）；「男兒得死所，其重如山丘。白刃若春風，功名非所求」（〈過涿州作〉）；又如：「洪河無停留，驚枝無棲朝。志士生離亂，七尺敢懷安」（〈出永平作〉）；「誰憐飄泊苦，忍死為神州」（〈真定道中〉）。凡此皆一再表現出詩人心中報國雪恥的熱情，即使犧牲生命也在所不惜。除此之外，他並作了許多遊記，如〈自代東入京記〉、〈自代北入京記〉，其中對所經之地的人文地理、軍事價值都多所留意，頗見其圖來日之用的動機。

由塞上歸來之後，翁山又流連於江浙一帶，嘗三謁孝陵，「目睹園陵之荒廢摧敗，與二三宮監相向而哭」（《文外》卷一，〈孝陵恭謁記〉）。永曆十四年（1660），翁山寄寓於山陰祁氏寓山園讀書，「祁氏兄弟富藏書，喜結客，反清義士，多以山園為密謀地點。」（全祖望《鮚埼亭集》卷十三，〈祁六公子墓碣銘〉），朱彝尊〈梅市逢魏璧〉詩：「山陰祁氏賢地主，好奇往往相傾許。」（《曝書亭集》卷四）似乎當時許多抗清志士皆聚集於此。翁山在此與志士魏耕等共謀劃匡復大計，為鄭成功和張煌言通消息，致成功率軍大舉北伐，幾乎攻下南京，但卻因太過大意而攻敗垂成。事後，清廷大肆搜捕參與者，魏耕被捕處死，祁氏兄弟受株連，翁山也因名在被捕之列而急忙走避桐廬，途經富春山麓拜謝翺（皋羽）墓，深感自己「生遭變亂，家國破亡之慘與皋羽同」（《文外》卷十，〈書西台石〉）；皋羽之事文丞相，就如同自己之事文忠、文烈、巖野三公，於是作〈謁謝皋羽墓〉詩抒發其忠貞抑鬱之情：

孤臣餘犬馬，後死亦徒然。血淚長江瀉，愁心朔漠懸。千秋蘭靡土，萬里虎狼天。留得冬青樹，凌霜自宋年。

詩既言皋羽，也是寫自己的耿耿孤忠。是年秋，翁山南歸沙亭省母，並蓄髮髻返於儒服。

（二）第二次遠遊

永曆十九年（1665），翁山再度越嶺北遊。取道金陵入陝西，出雁門關，歷大同、宣化，至京師，途中結識了李因篤、王弘撰、傅山、顧炎武等多位遺民志士，其中尤與顧炎武相交最深。翁山在西北一逗留便是三年，其中原因殆如謝國禎《顧寧人先生學譜》所言：「蓋關中僻壤，清人勢力尚未能及，故明末宗室及二三遺老，尚能盤游其間，遯影無涯，是以遠方之士，若屈大均、顧寧人，皆不遠千里而來，不無相當之原因。」這次西北之旅，朋友以氣節相許，以及旅途中的所見所聞，開闊了翁山的識見和胸襟，也為他的詩歌注入更深刻的思想和廣博的題材。由於此處形勢險要，多為往日的軍事要塞，故壘舊跡加上塞外蒼茫，引發詩人悲壯的詩情。如〈登潼關懷遠樓〉寫登樓眺望潼關的情景：

山挾洪河走，關臨隘地開。八州高仰屋，三輔迴當臺。戍晚棲烏亂，城秋斑馬哀。茫茫王霸業，撫劍獨徘徊。

潼關以其地形險要，故來便是兵家必爭之所。想到此處曾是歷代許多王朝發跡之地，詩人撫今追昔，不禁感慨漢族王霸事業之不在。

（三）入湘從軍

康熙十一年（1673），吳三桂因撤藩之事與清廷決裂，於是率眾公然反抗，以「蓄髮復衣冠」為號召起兵雲南。翁山自明覆亡後，無時無刻不在等待恢復時機的到來，一雪國仇師恨。既聞三桂舉事，機不可失，乃立即自粵北上從吳軍，與三桂言兵事，隨即受命監孫延齡軍於桂林。翁山此時滿腔熱血，以為復明有望，所以他發而為詩，也是雄壯豪邁的，如〈度臘嶺〉：

一徑穿紅樹，千盤墮白雲。衡湘林外出，交廣嶺頭分。流水如人語，迴峰似雁羣。間關何所似，蕩子去從軍。

平生的宿願終於有付諸行動的一刻，詩人心中是既興奮又激昂的。然而，爲了反清大業而棄全家於不顧，卻又令他感到無可奈何：「獲報君父仇，于孝乃不細。努力赴戎行，介冑不揮涕。上天憫苦心，所幸錫智慧。」(〈從軍行〉)。忠孝不能兩全，只好移孝作忠，冀望彌補事親之不足。此外，翁山對這段從軍生活也有所描寫，如〈軍夜〉：

> 夜夜身隨魂夢飛，大江流水共東歸。妻孥笑問沙場事，戰血花斑在鐵衣。

又〈昭江夜行作〉一詩，則寫軍旅途中黯淡的心情：

> 江天寒色慘，初月不成黄。未夕已生霧，將春始有霜。無能酬父老，不敢憶家鄉。鄉歲勞軍事，徒令白髮長。

慘淡的江天月色裡，詩人因功業未成、對父老無所交待而不敢思鄉。加上長爲軍事奔波的結果，只換得如霜鬢髮，詩人的心情多麼的惆悵，無奈啊！

然而，吳三桂打著反清復明的堂皇口號，卻意在自圖，以「復仇雪恥之師而爲篡奪之舉」(《文外》卷九，〈書宋武帝本紀後〉)。翁山察知三桂猶豫及私心，實不足以成事，於是失望之餘，乃在監軍三年之後托病辭歸。這段未竟的抗清行動在詩人的生命中是很深刻的體驗，多年之後，他接獲從前監軍桂林時的舊部下的來信，內心猶對當年之壯志未酬吁嗟不已，作〈淒涼犯〉詞云：

> 桂林舊部多年散，監軍亦向農圃。寶刀血鏽，花驄齒長，總歸塵土！英雄命苦，恨當日、江山不取。令三千奇材虓虎，冷落盡無主。回憶沙場上，白日投醪，氣雄相鼓。舊標在否？幾人還、錦衣歌舞。報有戎旗，把書帛、殷勤寄與。念恩私，兩載剪拂，俾作翮羽。

詞中感懷年光之逝，英雄老矣。又歎當年三桂之不能把握時機，收復河山，以致三千精銳無所適從，錯失良機，如同他在〈晴川閣作〉詩中所歎：「可惜湖南空轉戰，三年不見漢時秋」，詩人強烈的失落感，是可以想見的。

（四）避禍遠遊

康熙十七年（1679），吳三桂病卒。次年，翁山以曾參與三桂的反清事業，深懼清廷迫害其親人，遂攜家口遠走南京避禍。居南京時，曾在「城南雨花臺之北、木末亭之南作一冢以藏衣冠，自書曰：『南海屈大均衣之塚』，不曰處士，不曰遺民，蓋欲俟時而出，以行先聖人之道，不欲終其身于草野，爲天下之所不幸也。」（《文外》卷八，〈自作衣冠塚志銘〉），這已將他一生志節表露無遺。而其銘文中云：「衣冠之身，與天地而成塵；衣冠之心，與日月而長新。登斯塚者，其尚知予苦辛。」對明朝之忠貞眷戀更招來清廷忌恨，以致有日後雍正八年的「屈大均雨花臺衣冠塚案」。

此次避禍旅程中，因旅途困頓，翁山妾陳氏、兒明德相繼去世。國已覆滅，家又殘破不堪，更增添詩人心中無常坎坷之感。康熙十九年（1680），翁山度嶺返沙亭。

四、晚年之抗節隱居（五十歲～六十七歲）

三藩之亂，在康熙廿一年（1682）耿精忠被誅之後宣告落幕。次年，鄭成功孫克塽在臺降清，明正朔絕。在此之前，海外的臺灣，一直是翁山心中僅存的一線希望，「天留一島作華夏，茫茫海外長相望」（〈季偉公贈我朱子綱目詩以贈之〉）。如今希望破滅，面對如此局勢，翁山不禁歎道：「天留一島蒼茫外，可惜田橫事不終」（〈南海廟作〉）。至此，抗清力量已消失殆盡，而翁山年輕時意氣相投的朋友如顧炎武、魏耕等也皆已作古，眞所謂「地下多吾友，皆爲殤鬼雄」（〈夢〉），不禁令詩人「相思泉下友，淚舊檀槽」（〈壬子春日弄雛軒作〉）。眼見復明之志已然絕望，詩人只能退居山林，著述以託心志，吟詠以寄性情。後來吳興祚督粵，聯合王士禎欲推薦他出仕，他以母老待養及著述未竟如以婉拒：

> 不仕元慈令，春秋意在茲。猶能成老大，豈敢恨流離。柳翳蟬多葉，松棲鶴有枝。婆娑長膝下，絕勝據鞍時。（〈不仕〉）

詩人心中，唯認明朝爲正朔，不仕乃堅守民族立場。此後，他雖然逐漸「與清官吏詩酒交游」（朱希祖〈屈大均傳〉），酬唱之作亦多，然而這與他的反清立場並不相違，他一直保持遺民身分至終，即使貧病交加，他也不曾以交游之便謀得一官半職，其〈贈佟聲遠〉詩即云：「時時幸稱病，不逐諸公卿」，可見他有意與仕宦之路劃清界。更且，即使在退隱生活裡與朋友的投贈之作，詩人於字裡行間也時常流露出民族大義：

> 看君已過杖鄉年，老大狂歌可似前。殉國不隨師友盡，居家徒作父兄賢。休同謝客貪成佛，莫學龐公愛坐禪。兒女閨庭看漸長，尚書多授伏生篇。（〈贈龐祖如〉）

詩中勉勵友人雖然當年不能慷慨殉國，但活著也要負起文化的傳承責任，即使在異族統治之下，仍要以傳統經書傳授下一代，其用心可謂良苦。

翁山晚年雖已隱居，然他對清廷的排斥及對民族立場的維護仍不遺餘力。有時，詩人會悲憤填膺地大聲疾呼：「何曾一日得爲人！五十三年未見春。人日休爲人日酒，年年人日總傷神。」（〈壬戌人日作〉），意謂自己在異族統治下所過的是非人的生活；有時，詩人感歎「出戶無行處，窮途咫尺迷」（〈出户〉），廣大乾坤裡竟無自己可行的方向；又「誰謂蒼天高，我行曲其躬」（〈誰謂〉），暗示著心理受壓迫的狀況。對於季節景物，詩人也有特別的感觸，「江山如此無人恨，歲歲花開獨愴然」（〈疊滘舟中春望作〉）；久雨不晴，則云「風雨無朝暮，鳴雞不可知」（〈雨夜作〉）。也由於隱居鄉間，詩人對於平民百姓的喜樂哀愁更能感同身受，於是有〈溝壑行〉、〈少穀〉這類描寫農人悲慘生活的作品。總之，翁山晚年詩歌創作並未因隱居而受侷限，反而呈現出更多樣的體式風貌。而且不論題材爲何，作品的主旨均離不開對家國生民的關懷。

清康熙三十五年（1696）五月六日，一生困阨的詩人終於溘然長逝，享年六十七歲。臨終前作〈臨危詩〉云：

> 丙子歲之朝，占壽於古哲。乃得邵堯夫，其年六十七。我今適同之，命也數以畢。所恨成仁書，未曾終撰述。嗚呼忠義公，精神同泯汤。後來作傳者，列我遺民一。生死累友人，川南自周恤。獨漉題銘旌，志節表而出。華趺存後人，始終定無失。林屋營髮塚，俾近沖虛側。

詩人臨危之際仍不忘叮嚀子孫，以明遺民的身份埋葬自己，埋葬之處則選在沖虛觀旁。沖虛觀本是一道場，此處翁山借以喻清淨不被滿清踐踏之意。「清高終立故人朝」，由此〈臨危詩〉，可見翁山抗清意志之堅決到底了！

第二節　師友概況

翁山終其一生潔身自矢，以存大倫，歷盡險阻艱難，雖九死而無悔的堅定志節，除了年少時父親的諄諄告誡打下了強固基礎外，朋友之間的相摩相盪對他的人格、詩格亦影響甚鉅。翁山自明亡後即奔走四方，所交接者亦多爲隱匿各處的慷慨悲歌之士，觀其師友的行誼，不但更能了解翁山的爲人，由他與友人之間的日常詩文往來，也可窺見其貞忠不二的本性。以下便將翁山師友概況擇要列述。

一、陳邦彥

陳邦彥，字會份，廣東順德人，學者稱巖野先生。《明史》稱其「意氣豪邁」，翁山最爲敬愛的老師，對翁山的學術氣節影響頗深。南明弘光立，邦彥曾上政要三十二事，不被採用，翁山〈秋夜恭懷先業師贈兵部尚書巖野陳先生〉詩言：「夫子憂時雙鬢白，頻獻重興三十策。不從魏絳擬和戎，遂與賈生爲逐客。」即寫此事。永曆元年，邦彥以兵科給事中起兵，聯絡侍郎張家玉、大學士陳子壯在廣州附近起義，事敗退守清遠，「率數十人巷戰，肩受三刃不死，未朱氏園，旋被執，不食被殺。」（蕭一山《清代通史》）。在〈死事先業師贈兵部尚書陳巖野先生哀辭〉詩裡，翁山痛惜的說道：

> 哀喪元兮太早，不及陪兮滇池。有弟子兮後死，曾沙場輿兮尸。抱遺弓兮哽咽，拾齒髮兮囊之。憤師讎之未復，與國恥兮孳孳。早狂佯兮不仕，矢漆身兮報之，欲招魂兮不忍，任先生兮所之。上九天兮訴帝，下九淵兮驂螭。射天狼兮助我，血日逐兮相追。

邦彥起事時，翁山曾隨之獨當一隊，二人既是師徒，也是最親密的戰友。後來邦彥殉國，翁山歎恨自己無法追隨於地下，只能抱遺弓、拾齒髮，含悲忍痛，將其遺物一一收拾起，並在心中立誓：爲報此不共戴天之仇，即使像豫讓那般隱忍受辱，他也在所不惜。而邦彥爲國爲民的無私情操，對翁山的精神是很大的啓發，更堅定了他往後拒不仕清的意志。

二、陳恭尹

陳恭尹，字元孝，號獨漉，廣東順德人，乃陳邦彥之子，較翁山少一歲。明亡，同翁山一樣，拒不出仕，吟咏寄情以終。翁山少年時從學於邦彥門下，即與恭尹爲友，二人的情誼，是離不開血淚斑斑的家國之恨的。他和翁山自少年時期即同遭君父之變，終身以抗清爲職志，頻年爲聯絡志士起義而奔走。其間，他也曾參與鄭成功、張煌言的抗清事業。殆事無可成，則歸隱山林，甘於貧困，謹記父訓，守節終老，並和翁山時時以民族氣節相期許。徐世昌《晚晴簃詩匯》謂恭尹「少遭家國之難，間關江海，飄泊無歸。憂憤之志，一形於詩。」則與翁山爲同調者也。

翁山自西北塞外歸來時，恭尹作〈屈翁山自雁門歸相見有詩〉贈之，詩云：

> 踟躕城北隅，北風吹我衣。不惜風吹寒，爲君故流連。人生知幾何，一別逾五年。居者忽復過，行者良險艱。崔嵬上太華，縱橫窮九邊。文字配道義，所適生飛輪。俱爲憔悴人，獨有好形顏。與君同心言，自喻金石堅。兩木倘相摩，朱火然其間。無爲垂空文，千秋期不刊。（《嶺南三大家

詩選》卷一九）

詩中言翁山是「行者良險艱」，暗示了翁山遠行的不尋常動機，並以金石堅的志節來黽勉翁。又〈送屈翁山之金陵詩〉云：

地何必生山川，天何必生日月，一升一沈使我老，一南一北令人別。洪河之水孤蓬根，不知似我還似君。神州蕭條寰宇黑，英雄失路歸何門？文章亦是千秋事，興則爲雲降爲雨。雄劍高飛雌劍留，夜上金陵望牛女。（《嶺南三大家詩選》卷二一）

翁詩和恭尹的交情老而彌堅，他在晚年所作〈元孝六十又一生日以爲壽〉詩裡，抒發二人身世及遭遇，情感眞摯而動人：

長兄叨一歲，十六始交知。以爾眞賢友，而翁更哲師。忠貞三歲早，事業兩家遲。此日難爲壽，慚爲耳順時。

同生降霜月，搖落每相憐。喬木先朝古，黃花故國妍。琴惟天馬引，歌是楚漁篇。未可傷衰暮，殊多獨漉年。

出處一浮雲，窮通只共君。無憂惟作述，有道即功勳。竹影龍公合，松陰鶴子分。纏綿敦世好，彼此挹靈芬。

翁山晚年，許多從前志同道合的友人均紛紛改節，出仕清廷，而翁山和恭尹仍採不合作的態度，甘於草野。所以翁山才有感而發的對恭尹說「出處一浮雲，窮通只共君」。兩人誠爲生死不二之交。

三、魏　耕

翁山客祁氏兄弟寓山園時，結識不少志在反清之盟友，尤與慈谿志士魏耕最爲投契。耕原名璧，字楚白，入清更名耕，字野夫，號雪竇山人，「國變之後棄諸生，志圖匡復，所交皆當世賢豪士」（翁山《皇明四朝成仁錄》卷一二）。徐反清之志趣相投外，翁山對魏耕之詩文亦頗爲折服。全祖望〈雪竇山人墳版文〉即云：「粵人屈大均〔註6〕不可一世，獨心折先生之詩，嘗曰：『平生梁雪竇，是我最知音。一

〔註6〕原文此處空三格，並無「屈大均」三字，經後人證實文中所引詩乃是翁山的五言律詩〈春山草堂感懷〉，據以補上。

自斯人沒，三年不鼓琴。』是矣。翁山蓋嘗從先生寓鄞，其風格頗相近云。」(《碑傳集補》卷三五)，上所引詩爲翁山〈春山草堂感懷〉五言律，全文是：

平生梁雪竇，是我最知音。一自斯人沒，三年不鼓琴。文章藏禹井，涕淚滿山陰。向夕聞悲筴，魂應起壯心。

所謂「一自斯人沒」，乃指魏耕因曾爲鄭成功通消息而遭清廷捕殺。耕去世後，翁山時在詩中流露痛失知音的悲哀：

慈谿魏子是鍾期，大雅遺音爾獨知。一自彈琴東市後，風流儒雅失吾師。(〈屢得朋友書札感賦〉之五)

當午夜夢迴，翁山念念不忘的，也是這位年輕時同謀恢復大業的好友：

地下多吾友，皆爲殤鬼雄。夜來夢雪竇，長嘯戰場中。(〈夢〉)

可見魏耕的犧牲對翁山而言，無論就詩歌創作或在反清路途上，都是一刺激。

鄧之誠《清詩紀事初編》云：「屈大均最服耕詩。大均頗以太白自擬，今觀耕詩較大均爲自然，此境殊不易致，或才氣猶過之歟。」魏耕聯絡鄭成功起義失敗後，人們因怕受牽連而其著作，所以他的詩文不易得見，今從《清詩紀事初編》摘錄其詩兩首於下：

蒼梧巡狩絕，曆數久茫然。野老眞難活，狂奴益可憐。烏蠻春色外，白帝淚痕邊。渴極思甘釀，囊無沽酒錢。(〈渴極〉)

君不見湖州直在太湖東，香楓成林橘青蔥。山川迢迢麗村渚，秋城澹澹遮蒼穹。亭皋百里少荒土，風俗清樸勸桑農。充腸非獨多薯蕷，宴客兼有錦鯉紅。白屋朱邸亙原野，黔首擊壤歌年豐。今歲野夫四十一，追憶往日眞如夢。腐儒營斗粟，閭閻挽長弓。盜賊如痲亂捉人，流血誰辨西與東。又聞大户貪官爵，賄賂漸欲到三公。豪僕強奴塞路隅，躑躅豺狼日縱橫。皇天無眼見不及，細民愁困何時終。安得聖人調玉燭，再似隆慶萬曆中。天下蚩蚩安衽席，萬國來朝大明宮。(〈湖州行〉)

四、朱彝尊

朱彝尊，字錫鬯，秀水人。翁山〈屢得朋友書札感賦〉之一云：

> 名因錫鬯起詞場，未出梅關人已香。遂使三閭長有後，美人香草滿禺陽。

此詩下自注云：「予得名自朱錫鬯始，未出嶺時，錫鬯已持予詩傳吳下矣。」則翁山越嶺北遊之前詩名得以遠播吳中，乃由於彝尊宣揚所致。彝尊和翁山相識於永曆十一年，彝尊南遊廣東，時翁山住在東莞篁村，於是作〈篁村逢朱十〉時，記下此次愉快的相會：

> 黃木灣頭月，扶胥渡口舟。日方逾北至，火已漸西流。過雨收紅豆，連波狹白鷗。夫君若萱草，一見即忘憂。（《明詩綜》卷八二）

翁山三十歲那年自塞外南還途中，曾至秀水造訪彝尊，彝尊有〈喜羅浮屈五過訪詩〉云：

> 春風蝴蝶飛，綠草南園遍。知是麻姑五色裙，羅浮山下曾相見。開門一笑逢故人，遠來問我桃花津。……相知樂莫樂，不用金箱圖五岳。況今天地多戰事，赤城華頂風煙驚。山陰道士不得見，四明狂客誰相迎。（《曝書亭集》卷四）

在此一「天地多戰事」的動亂時代裡，能得遠方故人來訪，眞可謂「既見君子，云胡不喜」啊！翁山客江浙期間，二人交往頻繁，在彝尊的《曝書亭集》裡，即收錄如〈寄屈五留金陵〉、〈過筏公西谿精舍懷羅浮屈五白下〉、〈寓山訪屈五〉、〈寒夜集燈房聽韓七山人彈琴兼送屈五還羅浮〉等詩，可見二人篤摯友好。而後翁山前往山陰寄寓於祁氏家中，與魏耕等人密謀起義行動。據鄧之誠《清詩紀事初編》載，彝尊「壯歲欲立名行，主山陰祁氏兄弟，結客共圖恢復。魏耕之獄，幾及於難，踉蹌走海上，會事解乃賦遠遊。」似乎彝尊當時也曾參與魏耕的通海之謀。

朱、屈二人的交情至晚年更加密切。彝尊晚年雖以布衣舉清廷博學鴻詞，與翁山之出處相異，然二人詩文才氣上的惺惺相惜，早年的情誼基礎仍在。彝尊六十五歲奉使來粵，與翁山同遊廣州，其〈《曝書亭集》卷一六）有〈同屈五大均過五羊觀〉詩：

屈生嗜奇古，偶坐蔭松柏。摩挲汴京碑，不覺日西夕。

臨別之際，翁山作〈送朱上舍〉七言古詩贈之：

汝兄嶠南來，可憐故人不得相周旋。台門咫尺邈千里，相知何苦相天淵。汝今又歸桐鄉去，臨分那得無纏綿。嘉禾我友十餘輩，汝兄第一膠膝堅。

依依之情溢於言表。翁山繼則以詩文著述相勉：

戀君一步一握手，賦詩金石聊相宣。汝才崢嶸亦奇闢，開元大歷羞比肩。參差似兄騰笑集，塤篪同開風氣先。逃唐歸宋計亦得，韓蘇肯讓揮先鞭。

語氣中頗讚僅彝尊橫溢的才華。又〈送朱竹垞〉七絕二首：

情同楊柳但依依，乍見那堪即送歸。白首相知誰得似，夢魂從此更交飛。

重來此地莫相違，各已浮生近古稀。二十五年還待汝，白頭未肯嫁斜暉。

所謂「二十五年還待汝，白頭未肯嫁斜暉」，爲了等待這份歷久彌貞的交情，詩人等到白首了還不肯輕易放棄，亦可見其對友誼的著勢在和亂世中得一知己的不易了。

彝尊曾爲翁山的《九歌草堂詩集》〔註 7〕作序，文中歷數翁山一生變故頻仍：「蓋自二十年來，煩冤沈菀，至逃於佛老之門，復自悔歸於儒。辭鄉土、塞上，走馬射生，縱博飲酒，其倜儻不羈，往往爲世俗所嘲笑者，予以爲皆合乎三閭之志也。」此言翁山有屈原之懷抱而不被世人所明察。繼之言「翁山自荊楚吳越、燕齊秦晉之鄉，遺墟廢壘，靡不攬涕過之。其憔悴枯槁，宜有甚焉者也。」此言翁山同形容憔悴、行吟澤畔的屈原相比，內心之激憤傷痛有過之而無不及。末言「世徒歎其文字之工，而不知其志之可憫也。予故序之，以告後之君子，誦翁山之詩，當推其志焉。」讀翁山之詩應推其內心之志，彝

〔註 7〕即《翁山詩略》，詳見本文第一章緒論第二節關於版本的部份。

尊可謂頗了解翁山冀望「以詩爲史」、「以心爲史」的苦心，無怪乎翁山要推彝尊爲第一膠膝堅的知己了。

五、李因篤

李因篤，字天生，更字孔德，陝西富平人。明諸生，明末「見天下大亂，走塞上，訪求奇傑士與殺賊報國，無與應者。歸而鍵戶讀經史，貫通注疏，負重名。甲申乙丑間，與亭林冒鋒刃，間關至燕京，兩謁先帝讚宮。」(《國朝先正事略》卷三九)，知其亦是一忠貞之士。翁山三十七歲游陝西華陰時，曾賦〈華嶽百韻詩〉，文彩炳煥，因篤見而驚服，歎翁山爲平生難得之勁敵，遂與之定交〔註 8〕。兩人同游關中各地之名勝古蹟，並時有詩文唱和，翁山有詞〈長亭怨〉云：

> 記燒燭、雁門高處，積雪封城，凍雲迷路。添盡香燭，紫貂相擁夜深語。苦寒如許，難和汝、淒涼句。一片望鄉愁，飲不醉、壚頭橐乳。無處問、長城舊主。但見武靈遺墓，沙飛似箭，亂穿向、草中孤兔。那能使、口北關南，更重作、并州門户。且莫弔沙場，收拾秦弓歸去。

自注云：「與李天生冬夜宿雁門關作」，即記二人同游雁門關之情景。此詞前闋寫詩人與好友冒寒同臨塞外，「走馬射生、倜儻不羈」之豪情；後闋弔谷傷今，歎英雄不再、江山已改。沈鬱蒼涼，堪稱佳作。其間因篤並權充月老，介紹榆林王壯猷之女華姜與翁山爲繼室，兩人之交情因而更加非比尋常。

翁山北游歸粵後，對因篤及往昔同游塞上山川的情誼感念彌深，其〈有懷富平李孔德〉詩云：

> 東帛自穹廬，投竿別漆沮。乞歸矜有疏，卻聘恨無書。芝朮千秋少，雞豚一日餘。何人猶戀祿，不念倚門閭。(之二)
>
> 與君馳驛騎，趙代去相依。作客從飛將，爲媒得宓妃。越

〔註 8〕《文外》卷一，〈宗周游記〉：「先是有傳予登華長律至西安，天生見而驚服，謂自有太華無此傑作，可與于鱗一記並傳。比相見，即再拜定交，謂今日始得一勁敵云。」

歌慚有木，秦俗重無衣。一自關河隔，同心事盡非。(之三)

聞道徵修史，春秋義未甲。溫公元晉胄，景略本秦人。草野存遺直，華夷有大倫。九經知注就，寄我莫逡巡。(之七)

因篤於康熙年間應清廷博學鴻辭之舉，修明史，故翁山詩中言「芝朮千秋少，雞豚一日餘。何人猶戀祿，不念倚門閭」、「一自關河隔，同心事盡非」、「聞道徵修史，春秋義未甲」，對因篤之不能持節頗有微詞，又言「鴛湖朱十嗟同汝，未嫁堂前已目成」，就是對彝尊和因篤同爲清廷網羅的婉刺。後來因篤具疏乞歸養，翁山又以詩慰勉之：

別離長憶十年情，出處同高一代名。四皓暫爲秦博士，五經終作漢康成。家臨北地元天府，人在西方是帝京。河華幾時重握手，尊開石凍話生平。(〈賦寄富平李子德〉)

由此可見翁山與友人間以氣節相勉的堅持了。

六、顧炎武

炎武字寧人，學者稱亭林先生，崑山人。明諸生，乃心懷故國之士。平生博極羣書，尤窮經世之學。嘗六謁孝陵，周覽西北險要，並於華陰墾田集資。謝國禎《顧寧人學譜》云：「東西開墾所入，則貯之以備有事。觀此，則寧人之蓄所學，固欲待時而用，未嘗一日忘乎光復之大計也。」翁山三十七歲客太原時，透過李因篤的介紹與亭林相識。當時許多抗清遺民在西北逗留，「蓋明亡邊兵多有存者，姜壤之變，募邊兵事攻戰，期年清人不能克。李因篤、屈大均走塞上，意即在此」(《清詩記事初編》卷一)，由此顯示亭林、翁山、因篤等人均是爲了恢復的目標，不約而同的相會於此。翁山與亭林相識時，亭林已五十四歲，二人雖相差十幾歲，但相同的懷抱與行跡，令二人相見恨晚，亭林有〈屈山人大均自關中至〉詩曰：

弱冠詩名動九州，紉蘭餐菊舊風流。何期絕塞千山外，幸有清尊十日留。獨漉泥深蒼隼沒，五羊天遠白雲秋。誰憐函谷東來後，班馬蕭蕭一索裘。

詩中以翁山的愛國情操如屈原一般高潔，無論詩名、人品早已値得他傾心交往。如今竟能在絕塞千山外得有十日的交會，著實可喜啊！翁山亦有詩贈亭林曰：

> 雁林北接嘗山路，爾去登臨勝概多。天上三關橫朔漠，雲中八水會渾河。飄零且覓藏書洞，慷慨休聽出塞歌。我欲巾箱圖五嶽，相從先向曲陽過。(〈送顧寧人〉)

千山荒塞外，天涯飄零的兩遺民，身世雖淒涼坎坷，但此次的相會也可算是一種欣慰了。豈料十日的歡會之後，兩人天各一方，竟成永訣。亭林於康熙二十八年（1682）去世，享年七十，翁山有詩哭之曰：

> 雁門相送後，秋色滿邊城。白日惟知暮，寒天詎肯明。纔分南北路，便有生死情。皓首悲難待，黃河忽已清。(〈哭顧亭林處士〉)

國勢前途幽暗，如漫長黑夜，天明曙光遙不可期。而意氣相投的朋友又撒手而去，留下白髮的自己，也已垂垂老去，則黃河之清要待到何時方能眼見呢？又〈哭顧徵君寧人炎武〉詩四首，錄二首如下：

> 招魂不返恨天涯，旅櫬空歸葬海沙。楚國兩龔長不食，淮陽一老久無家。蒼松歲晚孤生苦，白鷺天寒兩鬢華。聞道五經多注釋，不知誰爲作侯芭。
>
> 登高憶共雁門間，北望京華灑淚還。白馬小兒猶漢殿，青年老子已秦關。河聲不解消長恨，山色誰知老玉顏。耆舊只今零落盡，北邙松柏爲君攀。

歲月催人，故人已零落殆盡；而山河依舊，故國難復，心中的悲哀又有誰能體會？兩人的雁門之會已成遺響，如今徒能「教人涕淚哭遺忠」，留下自己獨守晚節，慨歎「蒼松歲晚生孤苦，白鷺天寒兩鬢華。」哀痛之情，除了痛惜知交之逝，同時更感無力迴天的憾恨。

第三節　翁山學詩淵概述

一、學詩以屈子《離騷》爲初始

在第一節曾談到翁山認爲自己與三閭大夫屈原的關係是「要之皆

楚之同姓，帝高陽之苗裔」，他不但把自己的五種主要著作以屈原故居的地名命爲《屈沱五書》，〔註 9〕又將自己與朋友讀書談時之處稱爲「三閭書院」。此外，他自號爲泠君，也是出於對屈子的崇慕：

> 予爲三閭之子姓，學其人又學其文，以大均爲名者，思光大其能兼風雅之辭，與爭光日月之志也。又以泠君爲字，其音與靈均相似，使靈均之音長在耳。」(《文外》卷五〈自字泠君說〉)

翁山生當明清離亂之際，其遭遇、襟懷與屈原有相似之處，加之又同姓屈，其夠淵源不可謂不深，〈姓解〉一文即自云：「吾之心，因姓而見」(《文外》卷十)。他期許自己不但要學屈子爭光日月的忠貞之情，更要學其能兼風雅的文辭，其〈讀李耕客、龍天石新詞有作〉詩道：「南楚〔註 10〕好詞宗屈子，學詩昔自《離騷》始。含風吐雅數千篇，美刺乃得春秋旨。」說明了他以《離騷》爲學習對象，一則是因爲自認乃三閭大夫的後裔，二則因《離騷》「含風吐雅」，多以比興進行美刺，可比美春秋微言大義之旨。

翁山是以《離騷》承接《詩經》和《春秋》的，其〈孟屈二子論〉說：

> 《離騷》諸篇忠厚悱惻，兼風雅而有之。風雅經也，《離騷》傳也亦經也。其有功於三百篇，視卜氏、端木氏序爲優。惜孟子與之同時，知詩亡而後春秋作，不知詩亡而後《離騷》作。(《文外》卷四)

另外〈關中王子詩集序〉亦言：「《離騷》之賦，三百五篇之終，洋洋乎大放厥詞。譬之江河，三百五篇爲星宿海之源，《離騷》則東注於溟渤也。」又〈三閭大夫祠碑〉云：「三百五篇，一正一變之源流，至《離騷》而止矣。興觀羣怨之情之義，亦至《離騷》而止矣。夫《離騷》所以繼詩，詩譬之日也，《離騷》月也。」由此知翁山認爲《離

〔註 9〕《文外》自序云：「予所著有《翁山易外》、《廣東新語》、《有明四朝成仁錄》、《翁山文外》，詩外凡五種，號曰屈沱五書。」

〔註 10〕翁山稱自己這一脈爲南楚或南屈，以別於關中之西屈，參見註 2。

騷》繼承詩三百溫柔敦厚之旨，也有興觀羣怨之效，具教化作用，非徒以忠愛纏綿之情感動人心而已。

翁山對屈賦的浪漫特質和天馬行空的表現手法，認識頗深。其〈讀莊子〉一文說：

> 三閭之〈天問〉，亦猶莊子之放言也——不必有其人，不必有其事，不必有其言，怨憤、無聊、不平、呵而問之，佯狂而道之，不可以情理而求之。《南華》、《離騷》二書，可合而爲一。《南華》天放，《離騷》人放，皆言之不得已也。(《文外》卷十)

翁山指出了《離騷》和《莊子》的共同特徵——「放」，不受拘束、自由奔放的思想內容，因此讀此二書時，不能膠著在語言文字上，必須推求言外之意，由其思想入手。由於這層體會，翁山作品中也時有奇思浮想：例如將自己拒不仕稱爲「自古仙人貴偕隱」(〈度嶺贈閨人〉)；勸友人不要上京求功名時則說「羊城(廣州)自是仙靈窟」(〈送時君之京謁選〉)；臨終前囑咐子孫營自己的髮冢於「俾近沖虛側」(〈臨危詩〉)。這些超凡入仙的想像，其實也就是對滿清政權的唾棄。吾人由此一層來推敲方可透視詩人的意旨。

屈原表現於《離騷》之忠於國家民族的愛國思想，是遭逢易代的翁山所宗尚且身體力行的。翁山乃一介遺民，身世之感、故國舊君之慟，使他無論對屈原其人，對他的作品《離騷》所內含的精神，都有一份遙相呼應之感。其〈和王學士屈沱詩〉即云：「家學元騷賦，依依忠愛情。」可謂一語道出心聲。

二、以太白浪漫詩風爲師

屈原與《離騷》之外，翁山對李白最是心折。其〈題采石太白祠〉詩云：

> 才人自古蛟龍得，太白三閭兩水仙。辭賦已同雙日月，精靈還作一山川。江間絕壁丹青出，木末飛樓俎豆懸。千載人稱詩聖好，風流長在少陵前。

樂府篇篇是楚辭，湘纍之後汝爲師。烏棲豈寫亡吳怨，猿嘯惟傳幸蜀悲。煙水蒼茫投賦地，霜林寂歷禮魂時。重華一別無消息，終古魚龍恨在茲。

翁山將太白和三閭對舉，並將李白樂府比擬爲楚辭，說「湘纍之後汝爲師」，鄭重與推崇之意顯而易見。他在寫給石濂〔註11〕的書信中更自承道：

僕平生好嗜太白，以太白爲師。……三十年來，非太白不存乎耳目，非太白不留於心思。見於羹牆，形諸夢寐，故所爲詩多有似太白之聲音笑貌，具體而微。得其精者於神明，得其粗者於字句。全用之不嫌其全，半用之不嫌其半。而僕亦能與之後先輝映，彼此爭雄。蓋化魚目以爲明珠，而非點純金以爲錯鐵也。（〈屈翁山復石濂書〉）

據王宗衍《屈翁山先生年譜》考證，此書作於翁山六十三歲之後，則翁山自三十餘歲就浸淫於太白詩文之中。文中翁山自稱「得其精者於神明，得其粗者於字句」。指自己在詩歌創作上，無論內容精神、外貌結構都有得於李白。自屈原至李白，可說是中國詩歌浪漫主義的兩大高峰，二者一祖一宗，遙相輝映，且太白詩亦吸收屈賦之精華。翁山心儀屈子，繼之又以太白爲師，可說是一脈相承。翁山認爲太白諸體詩，以五七言絕最得易道變化之旨。他說：

予嘗謂不善易者不能善詩，易以變化爲道，詩亦然，故曰知變化之道者，其知神之所爲乎？詩以神行，使人得其意於言之外，若遠若近，若無若有，若雲之於天，月之於水，心得而會之，口不可得而言之，斯詩之神者也，而五七言絕尤貴以此道行。昔之擅其妙者，在唐有太白一人，蓋非摩詰、龍標之所及。吾嘗以太白爲五七言絕之聖，所謂鼓

〔註11〕釋大汕，字石濂，廣州長壽寺僧，工詩及畫，喜結納名士，本爲翁山詩友，後因其所著《離六堂集》中襲用翁山詩句，翁山以爲剽竊，作書譏之，大汕亦列舉翁山詩與太白雷同者以諷之，兩人遂交惡。事詳見《清詩紀事初編》及〈屈翁山與石濂書〉，〈屈翁山復石濂書〉，載於《國粹學報》第七十八期。

之舞之，以盡其神。(《文外》卷二，〈遊雜詠序〉)

翁山認爲太白五七言絕，神妙飄逸、變化無端，不爲文字所限，堪稱「詩之神者」。潘耒爲翁山的《廣東新語》所寫的序裡說：「翁山之詩，祖靈均而宗太白，感物造端，比類託諷，大都妙於用虛。」此處「虛」，即是「使人得其意於言外，若遠若近，若無若有」、「心得而會之，口不可得而言之」之意。

觀翁山之詩，心摹手追李白之處比比皆是：例如其詩曰「吾心皎皎如秋月，光映澄潭無可說。」即出自太白之「吾心似秋月，碧潭光皎潔」；又其詩「我有羅浮月，長懸四百峰」，則得自太白之「愁隨一片月，挂在九華松」。翁山化用太白詩句，並非生硬的套用，乃是藉李白的神思使自己的詩句靈動，而有「化魚目爲明珠」、「化腐朽爲神奇」的效果。他甚而自豪地說：「即使太白復生，亦當折髯大笑，笑僕爲肖子肖孫，不則亦以爲衙官置之門下。」(翁山〈與石濂書〉)

三、效法小陵之「詩史」精神

翁山之〈二史草堂記〉云：

> 予也少遭變亂，屏絕宦情，蓋隱於山中者十年，遊於天下者二十餘年，所見所聞，思以詩文一一載而傳之。詩法少陵，文法所南，以寓其褒貶予奪之志。

所謂「詩法少陵」，是效法少陵寓褒貶予奪之志於詩中。他並且說：「孔子作《春秋》，所以繼《詩》；少陵之詩，則思以羽翼春秋而反史之本者也。故曰以詩爲史。」(《文鈔》卷一，〈二史草堂記〉)。少陵生於亂離，而忠愛之志根於天性，翁山的身世背景及其在流離顚沛中堅貞不移之愛國情操，與少陵頗爲相似，所以他私心想以少陵爲師，思以春秋之筆爲詩，以詩爲史。其〈東莞詩集序〉即曰：「士君子生當亂世，有志纂修，當先紀亡而後紀存，不能以春秋紀之，當以詩紀之。」(《文鈔》卷二)。此一詩歌見解，深深影響他作品題材取向，呈現出強烈的現實感。他曾以「一代悲歌成國史，二南風化在騷人」(〈杜曲謁杜子美先生祠〉)，頌揚少陵的詩歌。後人評此二句，乃「極力讚揚，自為寫照」，即看出翁山「夫子自道」的含意。

翁山於屈子李杜之外，於明當代詩人中最為推崇李夢陽，其〈荊山詩集序〉云：

> 詩之衰，至宋元而極矣。明興百餘年，北地李獻吉崛起，斟酌三唐，以少陵為宗，而後風雅之道復振。論者謂……自周秦兩漢而下，少陵、獻吉又一開闢，夏聲至此益大，是皆詩家所宜取法。予以此為篤論也。(《文外》卷二)

翁山認為自唐以下，宋元詩皆無可觀之處，至明李夢陽出方能上接少陵，所以推尊之。李夢陽等七子論詩乃主張「詩必盛唐」，翁山論詩言「詩莫醜於宋人」、「詩之衰，至宋元而極矣」，當是受其影響所致。

翁山有〈西蜀費錫衡數枉書來、自稱私淑弟子，賦以答之〉四絕句，可說是他詩歌創作的學習心得：

> 詩歌豈敢作人師，私淑如君乃不疑。風雅只今誰麗則，不才多祖離騷詞。
>
> 古詩源向漢京尋，十九情同三百深。唱歎泠然清廟瑟，朱弦疏越有遺音。
>
> 少陵家學本昭明，文選教兒最老成。君向六朝中取法，休裁偽體逐時名。
>
> 開元大曆十餘公，總在高才變化中。誰復光芒真萬丈？謫仙猶讓浣花翁。

這四首絕句，依序說明了他學詩的取法對象：首先祖述《離騷》，次言漢代《古詩十九首》有《詩經》三百篇的遺風，所表現的情感同三百篇一樣質樸深摯，並具有《詩經．大雅．清廟》篇那樣嚴肅的思想內容和清越醇雅的音節，值得反覆吟詠唱歎。第三首則指出少陵的家學是以《昭明文選》為基礎的。少陵為其次子宗武所寫的〈宗武生日〉詩云：「詩是吾家事，人傳世上情。熟精文選理，休覓彩衣輕。」翁山認為少陵以此教導兒子，確實是老成經驗之談，他在〈示兒明洪〉詩亦說：「文選尤家學，精通及少時」。他也以此勸勉費錫衡，沿著這條路向六朝的優秀作品取法學習，而不要受到當時詩壇「反復古」風氣的影響，將復古作品斥為「僞體」，排斥向傳統學習的機會。末首則結以盛唐詩壇眾多大家之中，少陵是最為出色的，可從杜詩取法。此言「謫仙猶讓浣花翁」，並非將太白與少陵作高下之判（他也曾說過太白「風流長在少陵前」），而是承前三首詩而來，是就學習門徑而言的。

在實際創作上，翁山是轉益多師，不拘一格的；他既傾心於李白的浪漫特質，又努力學習杜甫注重現實的表現手法。到了晚年，則屢和蘇（東坡）詩韻，並讚許朱彝尊「逃唐歸宋計亦得」，不再囿於「詩莫醜於宋人」（〈書淮海詩後〉）的偏見。在當時詩壇一片宗唐、宗宋的爭執聲浪中，翁山如此的眼光可說是較為靈活寬闊的。

第三章　屈翁山忠愛詩之題材類型

翁山忠愛詩篇的產生背景，乃源於世衰道喪的動亂時代。明末戰禍頻仍，先是闖賊李自成四處竄擾，屠毒肆虐，並稱帝北京，迫使明思宗自縊殉國；而後清兵入關，以血腥鎮壓中原百姓的反抗，擄掠凌辱，大肆燒殺。短短數年間，人民飽受戰火兵燹蹂躪，哀鴻遍野，赤地千里。詩人閱歷興亡，憫黎民、悲動亂之餘，將心中對國家社會的忠貞關愛之情和憤懣不平宣洩於翰墨篇章，或歎兵禍之慘烈、天災之摧殘，或諷政治之黑暗、民生之疾苦，成爲當時社會現況最強烈而直接的反映。

優秀的社會寫實詩篇，一向被視爲具有記錄史實、補正史之闕的功能，尤其在文網嚴密的清朝，「書史但稱其時之盛，民生疾苦，不能盡知。唯詩人詠歎，時一流露，讀其詩而時事大略可知。」（鄧之誠《清詩紀事初編》序），詩歌成爲提供歷史眞相的資料來源之一。然而，社會詩畢竟不是歷史文獻，而是一種文學創作，「文學創作的眞實性是在於作品中所體現的現實本質之眞實，而不是具體事實之眞實」（張少康《中國古代文學創作論》）。社會詩值得重視之處，並非止於它能夠具體而詳實地紀錄歷史事件，更重要的是，它「可以深挖事物的隱藏本質，曲傳人物未吐露的心理。」（錢鍾書《宋詩選注》序），也就是說，詩人透過社會詩這種對現實的客觀描寫，流露出的情感與批評，才是社會詩的精神所在。

基於以上的觀點，本章擬依翁山的忠愛詩篇分爲歌這節烈情操，諷刺政治暴虐，哀憐民生疾苦三類不同題材類型進行探討，目的有二：一、翁山長年處於民間，並奔走天下，其詩歌內容多緣於自己周遭所見所聞之事，由其中所揭露的現象和取材的範圍，可深入了解詩人的生存環境。二、翁山秉著憂國憂民的胸懷，自言欲效法少陵「以詩爲史」，將所見所聞以詩文載而傳之，並「寄寓褒貶予奪之意於其中」（詳見《翁山文鈔》卷二，〈二史草堂記〉），此「褒貶予奪」，即是詩人曲傳自己不能明目張膽地吐露的心聲。分析其社會中寄寓的褒貶予奪意，可以看出詩人對國家社會的責任心和使命感，此亦有助於了解翁山堅持維護民族立場、家國情義始終不渝的心理背景。

第一節　歌詠節烈情操

翁山〈詩義序〉云：

> 詩者，事父事君之具也。不知王之所以爲王，則何以事其君父。將忠於其所不當忠，孝於其所不當孝，忠與孝至是而不得其正，徒爲名教之罪人而已。……詩三百，一言以蔽之，曰思無邪，然則思無邪者，其亦無邪於忠與孝，求其所當忠所當孝者而忠孝之。（《文外》卷二）

這段話意思很明顯，翁山以忠孝來解釋「思無邪」，可知他認爲詩歌應具有宣揚忠孝的教化作用，使世人明白何者所當忠所當孝，這應該和明清之際綱常盪然無存、亂臣賊子的誤國變節有關。所以，翁山不但屢次遠遊走訪天下，搜羅崇禎、弘光、隆武、永曆四朝各地的殉節事蹟，寫成他自己心目中的春秋之作《皇明四朝成仁錄》，〔註1〕「以厲古今之臣節」；〔註2〕更將這些英勇事蹟形諸吟詠，放歌代哭；而謳歌的對象，上至殉職盡忠之臣，下至匹夫匹婦守貞保節之人，是其作

〔註1〕翁山〈季偉公贈我朱子綱目詩以答之〉詩云：「年來辭賦已無心，早歲春秋原有志。書法只今在草野，一部《成仁》吾史記。」

〔註2〕黃廷璋〈翁山詩外序〉曰：「先生著《成仁錄》一書以厲古今之臣節。」

品中最爲義烈動人的一環。

一、忠 臣

先看〈布政張公挽歌〉，此詩記敘貴州布政使張耀壯烈犧牲的事蹟。前有序云：「崇禎末，逆賊張獻忠犯貴陽，文武諸大臣聞風皆遯，布政使三原張公耀獨率家僮守城。城陷，公猶手刃數賊，獻忠以禮請曰：『公吾秦人，吾甚重公。公若降，當居宰相。』公奮罵不屈，賊械其妾媵三十人於前，曰：『降，且免一家死。』公罵愈厲，賊割其舌支解之，妾媵等皆死。」詩云：

> 貴陽城崩誰巷戰，參政張公奮刃箭。手提銀印血模糊，冒陣一呼天地變。賊憐神勇欲降公，泰山自擲鼎鑊中。奮罵一軍皆辟易，舌如電光不敢食。丈夫羞與賊同生、妾媵歡然爭死敵。願爲良臣安可得，殺身成仁亦何益。腐肉如山魂袒裼，白晝賊中猶盪擊。

據《皇明四朝成仁錄》的記載，崇禎十五年，張獻忠由湖南進逼蜀地，貴州情勢危急。時張耀奉命赴任貴州布政使，一上任，便急與當時巡撫商討防禦之計。不料巡撫卻以「彼眾我寡，且黔人從未知戰，戰則委羊於虎，守亦以卵觸泰山」爲由，主張棄城逃生，保全實力再作打算。然張公卻認爲：「朝廷今者，求死臣非求生臣者也。」深以此時此際國家需要的，是一份能死社稷以鼓舞全民奮起抗賊的氣節，於是親率健卒數十人守城，奮戰到底。詩中描寫天地變色、血肉模糊的戰陣中，只見張公一人手提銀印、呼號殺敵，絲毫不因敵眾我寡而退縮，連闖賊都爲其神勇所震懾。即使失敗被俘，亦鼓著最後的力量憤罵不止，對賊人的鞭笞撻伐猶如雷電一般。翁山以藝術手法刻畫出張公猶如巨人般的形象，並感歎賊人妄想收服如此忠良之人：「願爲良臣安可得，殺身成仁亦何益」。賊人們見其有勇有謀，本欲勸他投降，怎奈張公早將生死置之度外，非但不爲所動，還厲聲譴責：「丈夫羞與賊同生！」堂堂明朝的大臣，怎可能委身於賊，寧可殺身以成仁，也不願求生以害仁。

又〈知州趙公殉難詩〉有序曰：「乙酉夏五月，南京不守，賊臣馬士英獨擁殘兵千餘，馬七八百騎，號稱奉□〔註3〕太后南幸。所過殺掠，不復用紀律。至廣德州，使亟嚴法駕、具供張，兼獻庫中金萬緡。知州錢塘趙公景和知其詐，裂檄不應。士英圍攻三日夜，城陷，公奮罵不屈以死。」詩曰：

> 嗚呼國再亡，其亡豈天作！亡以一賊臣，倉皇棄君父。半夜開國門，三宮不遑顧。詐言奉太后，行間犯霜露。屠毒我民人，豺狼寧有數。疾攻廣德城，相公肆虓怒。太守抗兇威，矢石下如雨。爲國誅元憝，眾心恐不固。曷哉爲國殤，有身如白瓠。腐肉何芳馨，烏鳶俾含哺。七尺即金湯，作氣無朝暮。畿南股肱郡，死守非無故。頸血直射天，賊臣亦崩懼。

《皇明四朝成仁錄》〔註4〕載：弘光元年五月，清軍攻陷南京，馬士英棄君國於不顧，獨自率兵倉卒逃往浙江，據傳他「挾母僞稱奉太后」，所過之處焚掠無遺，使早已飽受闖賊、清軍蹂躪的人民再度遭到無謂的浩劫。當他逃到廣德州時，不但要廣德州州守趙景和「備法駕以迎太后」，還命他「出庫金以犒軍」，恬不知恥、作威作福的驕態，引起全州百姓的激憤，趙景和怒裂其檄，斷然拒絕他入城。豈知馬士英爲迫使其低頭，竟不惜攻城。當此南明政權岌岌可危，正須全體人民團結一致之際，馬士英卻爲逞其私慾而忙於內鬨，全無爲人臣子的禮義節慨！無怪乎翁山在詩中痛罵他簡直就是屠毒人民的豺狼。趙景和臨終前亦痛責馬士英：「爾蠻獠，非人類。廣德州守今日爲國死，然恨不死外難而死賊相耳。」（文見清朝鄭澍若編之《虞初續志》）國家之覆滅乃如翁山詩所言「亡以一賊臣」，不死外難而死賊相，這才是眞正令人痛心疾首的原因。此詩前半段對馬士英的敗國無德施以嚴厲的口誅筆伐，後半段反襯以趙景和「頸血直射天，賊臣亦崩懼」的

〔註3〕 原文此處即空格。

〔註4〕 此事清、李天根所著的《爝火錄》卷十、鄭澍若編之《虞初續志》皆有記載。

忠烈形象。兩相對照之下忠奸立辨，忠者愈忠，奸者愈奸；鞭笞了奸臣之無恥，肯定了殉難者的大義凜然，其充塞天地之間的大無畏精神，足以使亂臣賊子懼。

二、烈　女

每當國家分崩離析、干戈四起時，柔弱無助的婦女往往是首當其衝的犧牲者。明末清初，內亂外患交迭，在生命和貞節都受到前所未有的威脅和侮辱之際，一向荏弱的女子，卻展現出寧死不屈的勇氣。在《翁山詩外》裡，有許多作品是專事歌詠女子殉節的義行，她們或以自盡明志，或與敵人力鬥而死，過程直可驚天地而泣鬼神。如〈錢烈女哀詞〉，寫揚州城初為清軍攻陷時，一錢姓女子義不苟活，先是「投水，水淺不得死；以紙漬水掩口鼻，亦不死。持刀自刎，父母奪之，不得死。烈女跪請父母，卒再縊死。」(〈錢烈女哀詞序〉)，殉節的意念竟堅強若此。人們感佩她的義行，將之葬於死守揚州城的史可法梅花嶺衣冠塚旁，翁山過而以詩弔之云：

> 佳人能獨立，不肯嫁烏孫。九死傳閨烈，三春弔墓門。珠歸天帝掌，花逐雒妃魂。詞客題黃絹，豐碑照古原。
>
> 一代漢宗臣，衣冠冢與鄰。蘭心憂社稷，漆室抱經綸。慘淡揚州月，蕭條邗水春。東南佳麗盡，餘爾露筋人。

錢氏自覺若等揚州城為清軍全面佔領，自己決難逃被摧殘的厄運。與其受辱而死，不如先行自盡以全清白之志，這是錢氏的先見之明。另一種遠較錢氏為慘烈的情況，則是實際遭遇脅迫時，於危急中殉難的。如〈黃烈女〉，有序云：「黃烈女，南海九江堡人，父名錫球。女年及笄，值賊至，將掠以行，女曰：『吾頭可斷。』持梃大呼，與賊大鬥而死。」詩云：

> 芙蓉本是拒霜花，燁燁紅妝帶日華。強暴一朝來感帨，遂令貞玉委塵沙。(之一)
>
> 曾從越女學干將，電擊星馳巧異常。力盡佳人惟一死，血花開作杜鵑香。(之二)

據《廣東新語・木語》載：木芙蓉本名拒霜。前一首以拒霜花比喻力拒外來侵犯的少女，少女英勇的行爲，就如同不畏嚴霜而火紅艷麗的花朵；第二首言少女與賊力鬥而死，所灑的熱血，就如同啼血般的杜鵑花。翁山有二首詠杜鵑詩曰：「子鵑魂所變，朵朵似臙脂。血點留雙瓣，啼痕漬萬枝。」「春魂多少在蠶叢，化作山花躑躅紅。朵朵知含亡國恨，無情知與子鵑同」。杜鵑啼血，向來便與國破家亡的聯想有關。在詩人眼中，杜鵑朵朵彷彿是無數死難者的魂魄所化成。此處言少女「血花開作杜鵑香」，很巧妙的將少女的殉節與杜鵑花結合，一反前面兩首詠杜鵑詩的淒迷語氣，而是絢爛壯烈的了。

三、節　婦

戰亂使得家破人亡、妻離子散，天倫之樂已成萬劫不復的夢魘，尋常夫妻亦無法擺脫被拆散或生離死別的命運。翁山〈梁烈婦〉詩，即是寫一婦人拒辱而亡，有序曰：「梁、南海人，同邑賴萬生之妻。丙戌廣州破，萬生被害，兵欲犯梁，梁墜樓而死。」：

> 流黃織罷流雙流，笳鼓南來咽暮秋。梁氏自來多意氣，爲君還墜綠珠樓。

詩人以綠珠比擬梁烈婦，因二女自殺的處境相仿，皆爲抵抗橫加於身的強暴而不惜墜樓。另有〈關烈婦詩〉，同是寫丈夫遇害，妻子相隨於地下：「天生意氣在鴛鴦，錦翼那憂朔騎傷。一笑春風過白刃，不將顏色媚名王。」只要一死，夫妻二人仍可於地下比翼雙飛，不必成爲清兵糟踏的對象，那麼死又有何可懼！有時，詩人還以歲寒不凋的松樹，來比擬烈婦筍節的堅貞情操。〈抱松婦操〉序云：「宣城某秀才婦，未笄，從姑避兵匿松下。姑將見殺，亟出以身請代，兵殺其姑而脅婦。婦抱松泣罵，兵怒，殺之，三日猶抱松不仆。」詩曰：

> 妾身欲化作松樹，抱松而死代松蠹。三日膠膝松爲身，峨峨矗立不崩仆。龍鱗片片入凝脂，作松疣贅無窮期。乳膏下凝爲琥珀，鬟髮上縈爲菟絲。有身不得代姑死，哭作松聲風雨起。力拔松兮一千尺，擊賊輕作蔗竿似。松兮莫作

老龍飛，妾與姑魂長在此。

由序文，知此詩主角在危難中曾極力護衛自己的婆婆，寧可犧牲自己的性命，也不願婆婆受到傷害，在社會秩序崩潰的亂世中，婦人的孝行既可貴又可哀。但結局不幸，二人同遭殺戮，婦人死後仍抱松不屈，於是詩人有了烈婦化松的想像。在中國詩人的眼中，松樹的貞心和勁節往往被比喻爲君子高潔的德行，而它枝幹上斑駁的鱗文、蟠曲的古根、蒼老莊重的軀體、又彷彿是龍的化身，因此，詩人此處已將松、龍、婦人三者的秉性合而爲一，婦人抱松不仆，如同抱持潔身自愛的操守，她的皮膚化爲龍鱗、哭聲化爲風雷般的松濤聲有如龍吼。雖然其身已死，但英勇的魂魄，卻如同松樹的堅忍不拔、龍的剛健一般，長存於天地間而墜。

此外，翁山還善於把握特殊題材，如〈三湧操〉、〈弔莫節婦〉、〈四孝烈操〉詩，所描寫的殉節事件皆有極震撼人心的戲劇性。〈三湧操〉序云：「香山小欖鄉，有諸生黃肇揚者，其妻麥，癸巳冬被掠，憤罵赴水。兵捉其髮繫樓櫓間，麥乘間斷髮又赴水。身沒，復湧出作憤罵狀，兵射之。既帶矢沈，又湧出，兵又射，如是者三，乃死。」

入水不肯沈，罵奴猶未畢。身輕乘文魚，三躍江中出。佳人一赫怒，波濤爲羨溢。髐箭雖紛紛，難損芝蘭質。去爲湘妃娣，魂烈知無匹。

烈婦投水後仍不肯沈，猶湧出奮罵不絕，浮沈水中再三，可見其怨怒之深！又〈弔莫節婦〉，寫守寡婦人莫氏拒敵不得，以頭觸牆自盡，敵怒而斬其首置於糞盎之中以洩憤。事後，莫氏的姊夫欲安葬她，卻「首重不可舉」，無法將她的頭顱自糞盎中提起，於是歎道：「姨，禮義人也，生與我未嘗相見，今雖死，英魂不爽如此。」(〈弔莫節婦序〉)翁山聞此，爲詩弔曰：

螓首丘山重，蛾眉日月光。簾帷生不捲，巾帨死猶防。切玉刀方利，焚蘭火亦香。花門天所命，使爾烈名揚。

和〈三湧操〉一樣，此詩的本事似乎過於傳奇，但這也正是詩人能加以集中而深化的特點。透過莫氏「首重不可舉」的傳聞，詩人更能將莫氏死有重於泰山的形象描繪出來。莫氏生前守寡盡禮，遭遇外侮時又身殉以盡義，如果不是清軍擾亂，則莫氏的貞烈亦無從顯現。所以此詩結語言「花門天所命，使爾烈名揚」，不說清兵之殘酷，反而說正由於清軍的迫害成就了莫氏的烈名，即板盪識忠貞之意。〈四孝烈操〉詩取材則和上述兩首不同，是記敘南明將領李定國率反攻被清軍佔領的廣東新會，城閉八個月，糧既盡，守城的清軍於是屠居人以食，時有女子莫氏、李氏、梁氏、黃氏四人，爲救其夫或其父而以身請代，成爲守將們的俎上肉。翁山將四事合寫成〈四孝烈操〉詩，表面上爲表彰四名女子的孝心，但另一方面也顯出戰亂中人民生命的微賤。

由上述可知翁山這類作品大都緣事而發，或耳聞或目見，彰顯正義、文詞鏗鏘直可撼山川而泣鬼神，令降敵苟活者汗顏。詩人對殉節者進行熱情頌揚的同時，也由側面揭露了清軍入寇的穢行酷跡。

第二節　諷刺政治暴虐

翁山既然欲將所見所聞以詩文載之，以寓褒貶予奪之意於其中，則對於清廷施加於百姓的種種暴行，自是不曾輕易放過的。清軍在征服過程中，動輒屠殺擄掠，將人民如牛羊般的宰割，視婦女金帛爲戰利品，以「率獸食人」形容之亦不爲過。翁山在作品中屢以虎狼爲喻，指斥滿清的貪狠殘暴，而〈猛虎行〉詩，便是極盡諷刺之能事：

> 邊地不生人，所生盡奇畜。野馬與駱駝，騊駼及駝鹿。羱羊千萬頭，人立相抵觸。上天仁眾獸，與以膏梁腹。變化成猛虎，食盡中土肉。哮吼一作威，士女皆觳觫。廣南人最甘，肥者如黃犢。猛虎縱橫行，饜飫亦逐逐。朝飲惟貪泉，暮依惟惡木。人皮作氈裘，人骨爲箭鏃。人血充乳茶，脂膏梁紅麴。子狗有爪牙，攫搏苦不速。惡性得自天，牝牡日孳育。在天爲貪狼，在地爲葷粥。人類日已盡，野無寡婦哭。隆冬不患飢，髑髏亦旨蓄。多謝上帝仁，猛虎享

天祿。爲獸莫爲人，牛哀得所欲。

此詩通篇用比，「邊地不生人，所生盡奇畜」，言下之意謂滿清實非人類，原是邊陲的「奇畜」。詩人以反諷的語氣說道：上天對他們特別關懷愛護，不但賜與他們一副專食膏粱的肚皮，又縱容他們變成猛虎，到肥沃的中原進行掠奪。這羣猛虎到了富庶豐饒的嶺南廣東後，不但食人肉、飲人血，還將人骨製成箭鏃、以人皮作衣裳，極盡殘酷肆虐與壓榨。而那些屈膝事敵者，則有如滿清的爪牙走狗，不惜殘害自己的同胞，以滿足虎狼們的口腹，「子狗有爪牙，攫搏苦不速」二句，將忝顏事敵者汲汲營營於巴結清廷、唯恐有一絲疏忽懈怠的嘴臉，貼切生動的刻劃出來。這是詩人對那些不能堅守民族立場的投機者的痛責。經過大肆殺戮後，「牝牡日孳育」，兇惡殘忍的虎狼日益繁衍增多，而「人類日已盡，野無寡婦哭」，人類已盡入虎狼口腹之中，還會有「人」的哭聲嗎？翁山〈鎮海樓〉詩，曾描述這種「嶺海誅求盡」的荒涼情景道：「人頭嶺已半，溝壑無餘香。白狐既悲嘯，黃狐復跳梁。人膏作青燐，白晝迷陰陽。松柏何蕭蕭，魂魄吹無方。」曾經繁榮富裕的嶺南地區，如今屍骨堆積如山，鬼火飄盪、狐獸悲鳴，一片蕭條陰森，即使白天也令人毛骨悚然！可見虎狼吞噬之徹底。人類已盡，到了冬天，虎狼們要以何維生呢？詩人曰：「隆冬不患飢，髑髏亦旨蓄。」旨蓄，貯藏以過冬的食物《詩經・邶風・谷風篇》云：「我有旨蓄，亦以御冬」。而此處虎狼乃是以人的髑髏爲旨蓄。在食肉飲血、皮爲衣骨爲箭之餘，還要將剩下的髑髏貯存起來以備冬天！這一連串慘無人道的比喻，是清廷貪得無厭、荼毒人民的暴行在詩人心中的形象反映，詩人即在形象中進行口誅筆伐。篇末詩人憤憤的道：「多謝上帝仁，猛虎享天際」，呼應篇首的「上天仁眾獸」，這是「彼蒼者天，曷其有極！」式的呼喊，實是責怪蒼天的不仁，怨怪「天心何故憐夷子」，讓虎狼橫行天下。生身爲人，竟成爲禽獸延續種族生命的食物，受他們永無止盡境的宰割濫殺，「爲獸爲莫人」，這樣的社會眞是人不如禽獸了！

因爲這份對清廷統治的不滿，翁山時常在作品裡以「豺虎」爲打擊的對象，表現出抗戰的意志，如〈放歌別載十一〉首：「紛紛天下無賢良，豺虎皆化爲侯王。我今挽弓三石強，欲射不射心徬徨。」〈贈友人〉言：「煌煌我上天，照此豺狼驕。我無戈與矛，何能入山樵。」〈詠懷詩〉云：「天狼紛下食，中土爲肉糜。我爲民請命，大呼起瘡痍。事成天地悅，事敗鬼神悲。」由這些詩句中，都可看出詩人強烈的意圖。

滿清入侵中原人，所到之處即擄掠漢族女子北去。及至政局初定，仍時有征調南方婦人入宮以供統治者享樂的傳聞，顧炎武〈秋山〉詩言：「北去三百舸，舸舸好紅顏。」陳維崧〈八聲甘州〉詞：「嘆灌嬰城下、章江門外，玉碎珠殘。爭擁紅妝北去，何日遂生還。」都是反映這一類事情。翁山也有〈廣州弔古〉詩：「無多越女留炎徼，不斷明妃去紫臺。」〈詠史〉詩云：「蛾眉隊隊出龍沙，橫帳前頭哭落花。秋夜只須煩蔡女，爲傳哀怨與金笳。」〈鐘山〉詩：「蠻奴小隊呼鷹過，漢女春魂化燕歸。」等，從各個角度揭露清廷掠奪婦女的行爲。而其〈大都宮詞〉，更是其中的代表作。錄三首如下：

> 暖閣開春宴，才人賜錦袍。舞低吳蛺蝶，歌倚鄭櫻桃。學士調花曲，閼氏按鳳槽。只愁金漏短，日出未央高。(之二)
>
> 具帶盤龍錦，垂髻墮馬妝。漢宮丹鳳女，胡地白羊王。夜醉葡萄酒，朝開蹋踘場。邯鄲諸小婦，雜坐弄笙簧。(之二)
>
> 佳麗征南國，中官錦字宣。紫宮雙鳳入，秘殿百花然。卓女方新寡，馮妃是小憐。更聞喬補闕，愁斷綠珠篇。(之四)

大都是元朝時首都北京之稱，翁山藉以影射清朝官近。因蒙古和滿清同爲入侵中原的北方異族，且均定都北京。宮調，則是用以記宮庭秘事的詩歌體裁，將史書認爲「細碎不堪置喙」、稗官家所「忌諱不敢濡毫」的宮庭秘事形諸吟詠（明秦徵蘭〈天啓宮詞序〉）。翁山以「大都宮詞」名篇，其意圖顯而易見，乃是記清廷宮闈之事。李岳瑞《春冰室野乘》即云：「屈翁山《大均詩集》在禁書中，世不獲讀其全集者久矣。頃在一選本中見其〈大都宮詞〉三首，乃知禁毀之由，因其多紀掖庭秘事也。」

「暖閣開春宴」一首，寫官中大開宴席，通宵達旦的歌舞，紙醉金迷的宴樂，令沈溺其中的人們不禁希望黑夜能永無止盡的延續下去。翁山此言「只秋金漏短，日出未央高」，和李白〈烏棲怨〉詩寫「吳王宮裡醉西施」的耽於逸樂：「吳歌楚舞歡未畢，青山欲銜半邊日。銀箭金壺漏水多，起看秋月墜江波，東方漸高奈樂何！」有異曲同工之妙。而且，翁山〈采石題太白祠〉曾言「烏棲豈寫亡吳怨，猿嘯惟傳幸蜀悲」，意謂李白〈烏棲怨〉詩，表面上寫吳王荒淫誤國，實際上卻是暗指唐玄宗之事。若據此以推翁山〈大都宮詞〉，則其名雖題爲元「大都」，而實爲指斥清廷內幕的用心就更清楚了。「具帶盤龍錦」一首，寫漢女子陪侍異族諸侯的情景，「漢宮丹鳳女，胡地白羊王」、「邯鄲諸小婦，雜坐弄笙簧」，詩人故意漢、胡錯置，以傳達清貴族與女子耽於逸樂時的雜亂無態；而「佳麗徵南國」，描述婦女由南方被征調入宮的經過。上位者爲逞其私欲，一聲令下，婦女們就被迫離開她們的丈夫，到宮中侍候皇親貴族們。「紫官雙鳳入，秘殿百花然」，謂與外界隔絕的幽深宮殿裡，美女如花朵般的開放著，但侯門一入深似海，這些被選入宮的女子，不但從此與家人隔絕，她們的身世更是坎坷。有的是如卓文君方新寡，或是明朝後宮那些亡國之君的妃子；更甚者，則是夫妻硬生生被拆散，被強搶豪奪入宮。錢仲聯《清詩紀事》云：「清兵南下，多虜掠漢族女子北上。一時謠傳，遂有冒襄姬人董小宛入宮之說，又有常熟寡婦劉三秀爲豫王福晉之說。雖非事實，而謠言在當時諒必有之。故翁山〈大都宮詞〉中，亦涉及此類傳聞，而用以譏刺也」，這說明了當時所謠傳董小宛、劉三秀入宮，雖未必眞有其事，但卻是清軍虜掠漢族女子以逞私欲的一個影射，類似這樣的事翁山應時有所聞，故〈大都宮詞〉整組詩，似是描繪宮廷裡歌舞昇平的盛況，不下一字評語、議論，但詩人對滿清皇室之荒淫和蹂躪婦女的暴行的譏刺，卻透過完整的形象而溢於言外，這也是翁山詩之所以遭清廷禁毀的原因。清吳喬《圍爐詩話》言:「唐人妙處，在於不著議論而含蓄無窮。」則翁山此詩可謂得唐人含蓄無窮之妙了。

政府對人民的剝削並不止於來自中央，民間官吏亦用各種手段吸取民脂民膏，以致民生備極困苦。翁山的〈民謠〉詩，以白描手法道出了人民心中敢怒不敢言的心聲：

白金乃人肉，黃金乃人膏。使君非豺虎，爲政何腥臊？
珠皆淚所成，不必鮫人泣。三斛買蠻娥，餘以求大邑。
初捕金五千，再捕金一萬。金盡鬻妻孥，以爲府君飯。
小府爲魚肉，大府爲庖廚。金多免刀俎，且復得安居。
長官盡奸富，爲惡未渠央。各使金如粟，各使馬如羊。

詩寫官吏對百姓貪得無厭的壓榨。貧苦的百姓爲求生計，只得想盡辦法以錢財滿足官吏的勒索，甚至到了賣妻鬻子的地步。「金多免刀俎，且復得安居」，只要有錢，就可以安定的生活。所以詩人說這些使君們橫徵暴斂而來的金銀珠寶，實無異於「人肉人膏」。而中飽私囊的貪官們則揮金如土，「三斛買蠻娥，餘以求大邑」，榨取得的錢財除了用來買姑娘以供享樂，還可以賄賂長官，以謀求更大的官職。完全無視於搜刮的乃是民脂民膏，絞盡人民血淚而成！如此的官府，不但未盡保民養民的責任，反而一再的迫害百姓，絕其生路。清初百姓戰火餘生，正是亟須休養生息的時候，每堪官吏們一再的搜刮劫掠？不平則鳴，詩人大膽問道:「使君非豺虎，爲政何腥臊？」使君明明貪狠似豺虎，詩人卻以退爲進，「假一『非』字，使『爲政何腥臊』的感歎和憤懣有如先退後擊的拳頭，挾風雷而震聾聵」(語見王英註評之《清絕句》)；末首更直言「長官盡奸富，爲惡未渠央」，直斥那些官吏們譴責鞭笞盡在其中。順治朝時有國史院大學士蔣赫德疏言：「今百姓大害，莫甚於貪官蠹吏」(語見《清史稿》卷二二八)，今由翁山這組民謠詩觀之，官吏的殘暴貪酷，實在不難想見。

清初政局未定，邊境仍殘餘反清勢力，清廷於是大量征調男丁以備用。翁山遠游至山西大同時，將清軍強征大同人丁當兵以及用活人充軍糧的悲慘情景，寫成〈大同感歎〉：

殺氣滿天地，日月難爲光。嗟爾苦寒子，結髮在戰場。爲誰飢與渴，葛屨踐嚴霜。朝辭大同城，暮宿青燐旁。花門多暴虐，人命如牛羊。膏血溢槽中，馬飲毛生光。鞍上一紅顏，琵琶聲慘傷。肌肉苦無多，何以充軍糧？踟躕赴刀俎，自惜凝脂香。

一個窮人家青年剛剛成人即被征調走上戰場，盲目的忍受饑渴霜雪、居無定所的軍事生活，卻不知所爲何事？而一個少女即將被戮，悽慘的琵琶聲伴著哀哀求饒的自白，卻無人憐憫。詩中只寫一男一女，但由一個典型，已反映出大同人民的普遍苦難，無力反抗的人民落入清軍手中，變成了任人宰割的魚肉，眞是民命不足惜啊！

翁山對政治暴虐的諷刺，由於直接指涉清廷，通常以隱喻象徵的方式，迂迴曲折的暗諷之，這也正好符合了他所自語的「美刺乃得春秋旨」的手法。另外，這類作品固然是他憂國憂民的情操的表現，但翁山並非和白居易、杜甫等以諷諭爲職志的詩人一樣，是基於「惟歌生民病，願得天子知」的立場，以達到「致君堯舜上，再使風俗淳」爲終極目的；他對政治社會環境的不滿，是要從根本上去推翻清廷、逐出異族的；諷喻之作，只是他在實際的反清活動之外，以語言文字爲兵刃所進行的另一種討伐，將清廷的暴行託諸詩文，以昭之來葉。

第三節　哀憐民生疾苦

人民生活窮困愁苦的原因，不外乎人爲的苛捐雜稅的壓力，及饑荒水旱等災異爲禍。翁山有〈雷女織葛歌〉，是他遊雷州（今廣東海康）時見以織葛爲生的雷州婦女，鎮日辛勞，卻連最起碼的溫飽都無法維持所發出的感慨：

雷女采葛，緝作黃絲。東家爲絡，西家爲絺。夫寒衣葛布，婦饑食葛乳。得錢雖則多，不足償租賦。一日織一疋，十指徒苦辛。祇以肥商賈，無能養一身。

廣東當時是葛布的主要產地，其中又以雷州的葛布行銷最廣，其精者一尺可賣百錢。〔註 5〕雷州婦女以其勤勞靈巧的雙手織著一疋疋葛布，但賺得錢竟然「不足償租賦」、「只以肥商賈」。在官府和商人的重重剝削下，雷州人貧困得只能以夏天穿的葛布作冬天的寒衣，以搗碎葛根所得的葛乳為糧食。「十指苦辛」的結果，是「無能養一身」，織再多的布，也無助於改善窮苦饑寒的生活，因為利益皆入官商私囊中去了。像這類事情，在當時許多詩人的吟咏裡亦多有反映。如邵長蘅〈促織謠〉，寫婦人織布以送租吏，自己織得「十指出血，不得一縷穿」，租吏竟還生氣地嫌「爾物何輕微」；吳偉業〈織婦詞〉云：「桑枝漸枯蠶已老，中使南來催作早，齊紈魯縞車斑斑，西出玉關賤如草」，也是為此而發。

除了上述人為的迫害之外，饑荒、天災為患更令人民困厄的生活雪上加霜。明清之際不但干戈四起、傜役繁興、賦稅奇重，更兼災異連連，饑饉處處，以人為食已不是新聞，葉夢珠《閱世編》即謂：崇禎末天旱蝗禍，大饑，百姓「易子而食，析骸而炊」；又邵長蘅〈苦旱行〉云：「故老相傳明末時，赤地千里飛蝗災。健兒劫人割肉啖，婦女空村剝樹皮。」翁山十九歲那年（清順治五年），廣東發生大饑荒，廣州市上出現賣人肉為食的駭人景象。翁山目睹這人食人的慘劇，寫下血淚交織的哀歌〈菜人哀〉，詩前有序云：「歲大饑，人自賣身為肉於市曰『菜人』。有贅某家者，其婦忽持錢三千與夫，使速歸，己含淚而去。夫跡之，已斷手臂懸市中矣。」詩云：

夫婦年饑同餓死，不如妾向菜人市。得錢三千資夫歸，一臠可以行一里。芙蓉肌理烹生香，乳作餛飩人爭嚐，兩肱先斷掛屠店，徐割股胦持作湯。不令命絕要鮮肉，片片看

〔註 5〕《廣東新語・貨語》：「惟雷葛之精者，百錢一尺，細滑而堅，顏色若象血牙、……故今雷葛盛行天下。」

入饑腸腹。男肉腥臊不可餐，女膚脂凝少汗粟。三日肉盡餘一魂，求夫何處斜陽昏。天生婦作菜人好，能使夫歸得終老。生葬腸中飽幾人？卻幸烏鳶啄不早！

詩中的婦人爲不使夫婦兩人一同餓死，於是將自己賣給肉飯爲食，換得金錢讓丈夫逃生。「芙蓉肌理烹生香，乳作餛飩人爭嚐，兩肱先斷掛屠店，徐割股腴持作湯」四句，寫支解生人作食的細節，「菜人」犧牲的情景自是慘不忍睹，而食人者無動於衷的「爭嚐」更令人心寒。非但如此，肉販宰殺生人時爲求肉鮮，並非先結束其生命，而是活生生的支解，「菜人」眼睜睜的看著自己身上的血肉成爲別人腹中的食物，多麼悽慘可怖！詩人仔細描繪這殘酷的情節後，結語卻反以慶幸的語氣道「天生婦人作菜人好」，橫豎是死，被人類當成食物葬於腹中還勝過餓死後被烏鳶啄食的下場！以反語作結，較之正面的控訴更爲深沈悲憤。

另一首反映人民爲饑寒所逼的歌謠〈蹈冰操〉，則以古樂府般哀憫的語言敘述一則小小的悲劇，有序曰：「翁挈稚孫暮歸，蹈河冰行，中流冰裂，俱溺死。」詩云：

翁莫蹈冰，翁莫蹈冰，黃河十月凍未成。……忽翁與阿孫，瘴瘃無履襪，中流俱陷苦倉卒。貸粟不能，且減二口，奈此黃頭兒，寧死我衰朽。家人哭，但望歸，雖有翁與孫，不能易升斗。鄰雞未鳴，村未吠狗，婦子被髮沿河走。隄上問無人，有人不言空搖手，問取黃小狐，小狐跳擲，揚其姆云：翁扶孫肩，孫牽翁肘，所入坎窞大如臼，冰開須臾合已久。哀哀哭，至黃昏，河伯笑，聲且吞。

翁與孫乃是爲了到他處借糧，途中不幸落入結冰未堅的河裡，「貸粟不能，且減二口」，多麼辛酸的遭遇！此詩的情節雖是平鋪直敘，但角色靈活，敘述的口吻頗有變化：「奈此黃頭兒，寧死我衰朽」是老翁落入水中時的心聲，他落難之前竟還抱著一絲希望，希望孫兒或有得救的可能。而家人盼不到這一老一少的歸來，心中著急的想著：只要兩人平安歸來，就算挨餓受凍也無妨啊！次日清早，全家人在寒冷的河隄上，傷心欲絕的尋找爺孫兩人，而河隄上的行人，或不知二人下落、或知而不忍相告，最後竟是一隻小狐來揭開事實眞相，方知從此天人永隔！「哀哀哭，至黃昏」。這一家人的親情是多麼感人，而天倫夢碎的畫面又是多麼令人心傷！這都歸功於詩人細膩的觀察和悲憫的襟懷，才會注意到這樣一個平凡的題材，並將之點化得逼眞而富感染力。

《翁山詩外》裡尚有以水患爲題材的作品，如〈高州大水作〉乃翁山行經高州（今廣東廉江縣地）時，目睹洪水毀滅州民家園的情景。詩寫洪水驚人的摧毀威力：「天決鑑江灌高涼，一夕水高三丈強。西南二門白晝閉，城中城外愁汪洋。大雨滂沱不得止，颶風吹倒牛與羊。」洪水、大雨之外又有颶風，則如《廣東新語・天語》所言：「（颶風）益之以暴雨以驚潮，則其勢愈暴。屋飛於山，舟徙於陸，顚仆馬牛，摧拔樹木」矣！狂風暴雨里，百姓們流離失所，「千家號哭萬家走，婦子盡同魚在罶。」原有的城鎭陷於一片汪洋中，只見「白波捲去南巴城，煙火不知何處有。蛟龍拔木山欲摧，潭中驚出雌雄雷。」頃刻之間，人們辛勤建立起來的家園化爲烏有，生活頓失依據與屏障。詩人見此亦不禁憂慮萬分，乃於結語發出拯救人民的雄心：「挺劍我欲爲澹臺，斬盡水怪無凶災！」抱著人溺己溺的胸懷，詩人恨不得自己能像澹臺滅明一樣〔註6〕，挺劍斬盡水中興風作浪的水怪，使高州這一帶永無災害，人民能過的平靜安樂。

翁山晚年歸隱後亦從事耕作，對於家鄉農民的苦處體會良深，深深了解風不調雨不順的氣候對農民的生計的影響，其〈溝壑行〉云：「雨多夭喬皆爛死，一春花□失紅紫。水潦不憂卻憂旱，春雨未應逢甲子。農夫奔走爭祈晴，吉貝豆苗傷已矣，已過清明十餘日，苦寒尚

〔註6〕澹臺滅明，字子羽，春秋時魯國人。傳說他有一次攜帶價值千金的白璧渡河，忽然風浪大作，有兩條蛟夾逼上來，要他交出財寶，澹臺滅明表示決不屈服於暴力威脅，於是挺劍把蛟殺死，河水也隨即平靜（見《史記正義》引水經注））。

與龍荒似。」〈少穀〉詩云：「一春況復陰雨多，凍與大冬冰雪似。諸花未見發根荄，蘭葉才開三四耳。荷鋤種豆且莫早，土膏雖動亦凍死。立春不得一朝晴，今歲農夫又已矣。」都是寫春寒霪雨，「水潦農人苦」（〈暮春行作〉）的愁慘。農作物無法耕種，農人的生活也就沒有著落。更兼有時「大禾霜降少，晚稻小寒無」（〈十口〉）；或濱海的田地為鹹潮所傷，「水鹹禾易爛，田瘠麥難長」（〈一春〉）。力苦利微的情況下，於是「不少夫家怨，辭農去故鄉。」男丁放棄耕作紛紛往外地發展，於是造成了農村的凋蔽。又有〈秋日自廣至韶江行有作〉五十三首，寫操舟為業的船夫工作的艱辛，詩云：「下水人歌上水哭，風聲哀雜水聲哀」、「夾岸交加百丈多，九夫如哭一如歌」、「梢公出沒白浪頭，處處鬥灘聲可憐」。《廣東新語・舟語》記載船夫在礁石滿佈、暗藏漩渦的急流中行舟，須撐者、牽者數人配合完好，並說「前者（撐者）如暴虎，後者（牽者）如搏熊。一篙失勢，舟破碎漂沒，入於渦盤矣。」可見這份工作之危險性。然而為了維持生活，船夫們仍是日復一日的在風浪中作生死搏鬥。觀察敏銳的詩人見狀，只能以詩篇寄予關懷與同情了。

翁山這類寫民生困苦的作品，比較沒有辛辣的諷刺，大都淺白直率，以深刻的觀察力、通曉明白的語言，敘人民日常生活中可悲可涕之事。作品的題材廣泛，在客觀描述中具現了各種社會問題，寓批評於描寫之中。而這類詩歌，和前兩類一樣，均出於詩人對國家社會的熱愛與關懷。正因為這份民胞物與的襟懷，令他不忍見「四海蒼生痛哭深」（顧炎武〈海上〉）的情況下繼續下去，於是更加堅定反清信念，以「解民於倒懸」為終身的職志。

第四章　屈翁山忠愛詩之旨趣分析

翁山對國家民族的情感是眞摯而濃烈的。在現實生活中，他時時注意著反清機會的到來，積極而活躍；這份感情激盪噴發，更成就了飽含著熱烈澎湃的愛國情緒，慷慨激昂的詩篇。試舉雍正八年(1730)，翁山的詩文集首次遭到文字獄之禁，〔註1〕清廷責其「書文中多有悖逆之詞，隱藏抑鬱不平之氣」(見《清代文字獄檔》之〈屈大均雨花臺衣冠塚案〉)，即可窺見其詩歌「敢言」的特質。無論在現實生活或詩文的創作，都充滿忠貞堅定之氣節，他的人品表現和創作性格，大體上也是一致的。

在分析翁山的忠愛詩篇之前，此處擬先探討他的論詩主張，以他對自己作品的整體精神、主旨的了解與掌握，作爲本文分析其作品的線索，也藉以表明本文題目爲何特別標舉「忠愛」二字的緣由所在。翁山在〈詩外自序〉中，曾概括說明其詩歌創作的主要內涵意旨。他將自己的詩歌分爲「詩內」、「詩外」兩個範疇，並說：

> 吾詩之內者，以《易》以《書》以《春秋》爲之；其外者乃以詩爲之，然非能以三百五篇之詩爲之也，亦爲夫輩至唐樂府五七言諸詩，以徇世俗之所尚而已。

翁山所謂「詩內」是「以《易》以《書》以《春秋》爲之」；「詩外」，

〔註 1〕翁山的作品遭禁，第二次是在乾隆四十四年時。

則是「以詩爲之」。何謂「以《易》以《書》以《春秋》爲之」的詩內？這似乎是就其詩歌的思想內容來講的。翁山在〈詩外自序〉文中也曾歎服孔子「以詩言性與天道，而與《易》相表裡，詩之聖者矣。」並說自己的《翁山詩外》是欲「合《易》與詩爲一，以學夫孔子云爾。」也就是要學孔子以詩言「性與天道」。譚召文〈嶺南詩論的地方特色〉認爲：翁山以《易》以《書》以《春秋》爲詩內，就是以道爲詩，這個「道」，是「天地變易、盛衰更迭的天道與浩氣常在、忠孝永存的性理。」以《易》以《書》以《春秋》爲詩內，就是以「性與天道」爲詩歌的內容主旨。相對於詩內，「詩外」，大約是就作品的表達形式來說的；「以詩爲之」的「詩外」，就是將「性與天道」以樂府五七言諸體詩的形式表現出來。簡言之，「翁山之所謂詩內者，蓋其繼蹤《易》、《書》、《春秋》之作也；所謂詩外者，則其所爲樂府五七言諸體詩，所以述《易》、《書》、《春秋》之義理也。」（語見嚴志雄〈屈翁山《翁山詩外》版本考略〉一文），亦即柳作梅在〈屈大均之生平與著述〉文中所言：「以《易》、《書》、《春秋》爲內，以詩爲外，是欲以道爲詩、以學爲詩、以史爲詩也。」

翁山雖是以樂府五、七言諸體詩述《易》、《書》、《春秋》之義理，然詩乃「情動於中而形於言」，要有「情」使之成詩。而促使翁山發憤爲詩之「情」爲何？他在〈見堂詩草序〉文中說：「今天下善爲詩者多隱居之士，蓋隱居之士能自有其性情。」此處「隱居之士」並非一般意義上的隱逸之人，而是指和翁山一樣，明亡之後不肯屈身仕清而甘處草野的遺民。遺民詩人遭亡國之痛，抑鬱難宣，其情往往發自肺腑慷慨激昂、憂憤幽思，所以能「自有其性情」，此即是令翁山「動於中而形於言」之情感。但是，此一仁人志士的忠愛悱惻之情，在當時清廷的嚴密控制之下，是不容輕易流露的，所以翁山特於〈詩外自序〉文末云：

> （《詩外》）旨多寓言，含吐莊、騷，非粹然一出於正者，……識者幸推其志焉。司馬遷謂三閭之志可與日月爭光，夫豈

以其詞之能兼風雅乎哉！

《莊子》、《離騷》之志七夕出之以寓言、象徵，翁山說他的作品亦「非粹然一出於正者」，欲識者推求其志，如司馬遷之稱屈子。《史記・屈原傳》稱道：「國風好色而不淫，小雅怨悱而不亂，若〈離騷〉者，可謂兼之矣。……其文約，其辭微，其志潔，其行廉。」由屈子之詞，推屈子之志，其志不外乎忠愛；以優美浪漫的文辭，寓纏綿悱惻的忠愛之情。翁山一介遺民，欲效法屈子將滿腔的「憂憤幽思，寓之比興」而不欲明言，遂借司馬遷之稱屈子來暗示讀者，欲讀者循此方向推求其寄寓於《詩外》之志。其〈和王約士屈沱詩〉云：「家學元騷賦，依依忠愛情」，依依忠愛情，可說是屈子之志與翁山之志的共同注腳了。

第一節　睹物感舊的故國之思

睹物感舊之情，乃是詩人目睹先朝山川舊物勾起心中緬懷故國的沈痛哀思。在翁山的作品中，此睹物感舊之「物」包含兩類：一是指明朝皇室所遺留下來的器物手澤，如翁山〈烈皇帝御琴歌〉、〈綠綺琴歌〉就是對先朝御琴所發的喟歎。故國成空，往事如夢，唯有前朝殘餘下來的無生命之物還能標誌著曾有的輝煌盛景。明遺民詩人經常有此類藉「物」發揮之作，如顧亭林在旅途中經過金壇縣顧龍山上，看到明太祖的題祠，即發而爲詩道：「即今御筆留題處，想見神州一望中。」（〈金壇縣南五里顧龍山上有太祖高皇帝御題詞一闋〉），由明太祖的御筆留題引發神州淪亡的感歎。另一類則是山川景物，直接與明皇室有關的幾處特定地點如明首都燕京、明思宗自縊的煤山、弘光朝廷所在的南京、防滿族入侵的邊塞廢壘等，都是詩人憑弔故國、哀悼舊君的去處，在詩人心中，這些地方似乎成爲漢家天下最後的象徵，特別容易觸景傷情。除了這些特定的景物，有時詩人見到大好河山已成爲異族天下，也會興起故國黍離的蒼涼之感，藉著景物依舊、人事全非的對比表現出思念故國之情。

翁山借先朝器物爲是以寄寓故國之思的作品爲數並不多，但幾乎都是長篇鉅製，如〈綠綺琴歌〉有四百七十六字；〈烈皇帝御琴歌〉。先看〈綠綺琴歌〉，詩前有序，交待琴之所從來及詩之所由作：「琴爲武宗毅皇帝內府之器，其名綠綺，向藏於中書舍人鄺露家。庚寅冬，舍人殉難，朔方健兒得之以鬻於市。金吾葉卿見而歎曰：噫嘻！是御琴也。解百金贖歸。暇日泛舟豐湖，命客一彈再鼓，大均聞而流涕，乃作歌。」。詩中歷數御琴的流落過程，言鄺露初獲此琴時「珍重君王手澤餘，大絃小絃日拂拭。」只因琴曾是內府之器，其上留有君王的手澤，故日日拂拭恐其沾塵。然而，一連串的災變，卻使得志士捐軀，御琴流落：

> 自從朔騎圍三城，中書奉使歸籌兵。日與元戎親知石，時將彩筆作戈旌。雙闕恨屯回紇馬，六龍愁在亞夫營。城陷中書義不辱，抱琴西向蒼梧哭。嵇康既絕太平引，伯喈亦斷清溪曲。一縷腸縈寡女絲，三年血變鍾山玉。可憐此琴遂流落，龍唇鳳嗉歸沙漠。蔡女胡笳相慘悽，王昭琵琶共蕭索。……

鄺露爲嶺南詩子，早年倜儻不羣，不拘禮法，才名聞於鄉里，然而卻科場一再失意，大半生顛沛流離。直到南明永曆朝時，方任中書舍人，自此爲復興明室而奔走。清軍圍廣州，鄺露與駐城將士誓死堅守，城破時英勇就義。透過此詩，可知此御琴雖小，卻和滿清入侵、復明失敗及志士的犧牲有密切的關係，它的命運和國運是聯繫在一起的。所以王士禎〈戲仿元遺山論詩絕句〉之二十八論鄺露詩云：「海雪畸人死抱琴」，不說死國難，而以「死抱琴」代之，即可見此琴意義之不尋常。詩人敘述御琴遭遇的同時，等於又回顧了一次南明淪亡史，亡國之痛自然蘊於字裡行間。

〈烈皇帝御琴歌〉乃是翁山在濟南李氏家見到崇禎帝的翔鳳琴而作。此詩篇幅頗長，但敘述虛實掩映，時空轉換靈活，加上文采炳煥，令人讀來無冗長板滯之感。詩人先言得見御琴之機緣與情形：先皇御器大都在國破之際被劫掠一空，不復得見，幸今「惟餘一琴賊不傷，眞人手澤猶光膩。花紋細作飛龍形，玉管親題翔鳳字。我從李卿請琴觀，楚囚相對泣南冠。湘妃錦瑟秋風咽，山鬼蘿衣夜雨寒。」因觀琴而泣，由泣而追想先帝：「宵衣旰食十餘秋，有宮無商淚自流。大絃既急小絃絕，誰爲君王蠲百憂。」後兩句以琴絃操急喻政事之急迫，不知誰能爲君王調理絃音。正好此時與翁山一同在座觀御琴之人中有楊太嘗（正經）者，〔註2〕自言曾爲宮中樂師，崇禎帝曾聆聽他的演奏，詩人於是借其口轉開一筆去描述昔日宮中歌舞歡樂之景：「琵琶水殿彈嫦娥，龍舟爭採夜舒荷。唐山親製房中樂，黃鵠交飛太液波。疊疊水戲金傀儡，紛紛過錦王婆娑。月照龍顏含喜色，千秋萬歲樂寧多。千秋萬歲樂無多，忽爾遼陽烽火動！」到此情節急轉直下，和白居易的「漁陽鼙鼓動地來，驚破霓裳羽衣曲」有同樣令人震撼的效果。君王的百憂如今因遼陽烽火而逼現，琴聲歌舞所代表的承平氣象至此截斷。詩人繼而言：「甲申三月燕京亂，此琴七絃忽盡斷。玉殿橫飛鐵騎聲，天威先示空桑變。從此中華禮樂崩，八音密遏因思陵。」這不僅言御琴有預先示警的靈性，而且琴絃盡斷、鐵騎崢嶸更隱含了禮樂制度的崩潰、文化的淪喪，從此異族宰制、新曲新聲入奏中原。運用若虛若實的奇想，詩人以一張御琴將先皇之樂極而悲、亡國過程、禮樂文化的絕續貫穿起來，所表達的故國之思，較〈綠綺琴歌〉更爲曲折深沈。

〈綠綺琴歌〉和〈烈皇帝御琴歌〉，主題固然是藉先朝舊物來抒發沈痛的故國之思，但兩首詩的結許卻都透露著積極的想望，而不是一味的沈浸在亡國的哀悽裡。也就是說，詩人都會爲自己的情緒找到一個平衡的出口，使作品的情感呈現上揚的氣勢。〈綠綺琴歌〉結語兩聯：「安得翔鳳入君手，更召太嘗至窗牖。一奏當令白鵠翔，再彈

〔註2〕《翁山文鈔》卷二，〈御琴記〉曰：楊太常正經，通明音律，尤喜琴。……嘗奏琴便殿，上喜之，因官以太嘗。甲申京師不守，太嘗亡匿淮陰，歲逢皇帝忌日，必從淮泗來拂拭御琴。

會見神龍吼。」這是詩人冀望有朝一日，楊太嘗能再度爲皇上奏琴，那時即是漢家天下再現之日。而〈烈皇帝御琴歌〉末言：「偶然失勢龍爲魚，終見時來馬生角。他朝日月定重輪，今夕鸞皇聊獨宿。否極泰來天有常，萬里高飛翼先伏。偕君阿閣賀昇平，雌雄和鳴三十六。」可見詩人認爲明朝政權的失勢只是暫時，正如大鳥展翅高飛之前必先伏翼，待時來運轉，否極泰來，「日」「月」定能重輪，而御琴也將再度爲重現的昇平盛況奏出美妙清音。這雖然是一廂情願的天眞想法，但卻是翁山詩歌積極浪漫的思想表現。

翁山二十九歲那年度嶺北遊，「北走京師，求威宗烈皇帝死社稷所在，故中官吳指萬歲山壽皇亭之鐵梗海棠樹下。」(〈御琴記〉)伏拜後，悲痛之餘所寫下的〈燕京述哀〉五律：「先帝宵衣久，憂勤爲萬方。捐軀爲赤子，被髮見高皇。風雨迷神馭，山河盡國殤。御袍留血詔，哀痛幾時忘」(七首之一)。崇禎皇帝自縊於煤山時，翁山年方十五，而直到二十九歲，詩人才有機會親自到煤山憑弔這位明朝最後一位君主。當他身履其地時，只見連天陰雨，將這位皇帝殉難之處籠罩在一片淒寒蕭條之中，山川林木似乎皆爲這多舛的國運而哀泣，令詩人不禁悲從中來。〈燕京述哀〉一題共有七首詩，詩中夾敘夾議，對於崇禎帝的國亡身殉，不勝傷惋感慨。錄兩首如下：

> 誰使黃巾亂，乾坤滿戰塵。寇仇原赤子，將帥半清人。撫字無良策，誅求損至仁。君王頻罪己，鐘鼓不遑陳。(之二)
>
> 求言空下詔，誰解聖明憂。隔歲降章去，當關內使留。恩威俱致亂，臣庶不同仇。草野慚無補，終身涕泗流。(之四)

這兩首詩偏重在對明朝潰亡的原因的議論：〈之二〉是以漢代黃巾之亂隱喻明末李自成、張獻忠等人的叛亂。詩中言「寇仇原赤子，將帥半清人」，也就是說與朝廷爲敵的叛亂者是「赤子」，是天子應該保護教養的老百姓；「清人」一詞，出自《詩經・鄭風・清人》篇，內容是讚美「清」這個地方勇武矯健的武士，而此言「將帥半清人」，則指明末這羣叛亂者之中不乏勇武矯健的可用之材。這些老百姓和勇健之士，爲什麼會鋌而走險，一變而爲朝廷大敵呢？原因在於上位者「撫字無良策，誅求損至仁」，執政者對於下民非但不曾善盡撫育養衛的責任，而且還不斷的誅求榨取，傷仁敗德，當然會逼得百姓們拿起武器走上絕器！由此可見「誰使黃巾亂」，是詩人明知故問，此一問導引出詩人對當時的在位者的一連串指責，是他的政策失當、沒能及時體察民瘼，才會導致干戈四起，百姓變成賊匪，赤子成了寇仇。因此末二句「君王頻罪己，鐘鼓不遑陳」，正呼應首聯，是對於「誰使黃巾亂，乾坤滿戰塵」質問的解答。君王既知引咎自責，必有反省補救的措施。然而詩人在〈之四〉這首詩的開頭卻說：「求言空下詔，誰解聖明憂」，雖然下達了求言詔以廣求臣下的批評與諫言，但卻遲遲無人提出建言爲皇上分憂解勞，這是因爲「隔歲降章去，當關內使留」，這首詔書雖在前一年就已頒下達，可是弄權的「內使」，卻怕此詔一出會損及自己的權力地位，於是扣在手中不肯發放。此乃詩人對於弄權小人的斥責，反過來說亦是明思宗識人不明、用人不當，即使有心改革也阻力重重，欲振乏力。於是「威俱致亂，臣庶不同仇」，不論朝廷以施恩或示威的手段，均已無法遏止禍亂的滋生，廣大的臣民早已離心離德，心思再也不是向著王室的了。翁山對於明朝的滅亡所作的指陳是剴切沈痛的。他一方面以客觀的理性批判歷史，一方面在感情上他又對這樣的結局十分憾恨，恨自己當時未能在朝爲君主獻策建言，因此在結語處他無限歎惋的說道：「草野慚無補，終身涕泗流」。往事已矣，此時此地，自己只能以草野遺臣的身分空論往事的得失，對於當時政局根本無所裨益，怎不慚愧！如今國破家亡，遊歷舊地，只見「萬歲山前樹，無春到澥棠。宮雲空漠漠，溝水自泱泱」（〈燕京述哀〉之五）。白雲流水依然自在，但敗亡已成定局，惟有終身懷著憂愁痛苦，黯然下淚罷了。

〈燕京述哀〉是翁山走訪明故都燕京的述哀之作。而另一個都城南京，也是詩人經常吟詠憑弔的題材。南京是明太祖建國定都的所在地，後來明成祖北遷燕京，仍以南京爲留都。不過，更重要的意義，是南明弘光政權亦以南京爲都，在南京亡國。而南京也曾是六朝時的建都所在，六朝旋起旋滅的興亡史，總令詩人聯想到短暫的弘光朝廷，尤其是弘光帝之耽於聲色，與陳後主亡國的背景十分相似。吳梅村有詩云：「江左只今歌舞盛，寢園蕭瑟薊門秋。」(〈白門遇北來友人〉)，即是寫當時君臣沈迷歌舞以致亡國之事。翁山有〈白門秋望〉詩，是他於弘光覆滅十五年後來到南京，撫今追昔，所抒發的對南明君主誤國的感慨：

> 龍盤船踞是鍾山，鳴鏑誰教入漢關。豈爲深宮歌玉樹，遂令高廟失金環！臺城日落棲烏怨，淮水風高戰馬閑。愁見盧龍秋草外，名王千里射雕還。(註：城北有盧龍山)。

白門，即是南京。三國諸葛亮曾論南京的形勢曰：「鍾阜龍盤，石城虎踞，眞帝王之宅。」(語見張敦頤《六朝事跡類編・形勢篇》) 可見南京地理形勢之雄固險要。然而如此優越的天然形勝，卻仍抵擋不了清軍的圍攻，其原因在於人爲的疏失──「萬歲不愁歌舞盡，龍蟠虎踞是鍾山！」(〈陳宮辭〉三首之三)，弘光帝以龍蟠虎踞的強固地形爲恃，以爲敵人無法進逼，大可高枕無憂，逍遙度日，於是日日安逸的躲在深宮裡「歌玉樹」。「玉樹後庭花」是六朝時陳後主所創製的歌曲，其曲調和歌辭都極爲綺豔靡蕩。而弘光帝初立時，正是南明危急存亡之秋，當時的權臣馬士英、阮大鋮之流，卻不把大敵當前和國家安危放在心上，不但自己大事搜括，盡情享樂，更聳恿弘光帝飲醇酒、選美女，狂歌醉舞，驕奢無度，終致亡國。「玉樹新歌唱未終，石頭城外戰雲紅。」(〈陳宮辭〉三首之一)，翁山以陳後主暗諷弘光帝之荒淫誤國，宮中歌舞未酣，清軍已大舉來襲，連位於南京附近的太祖孝陵都遭到亂軍的劫掠。山河變色，先人蒙羞，國恥之大莫過於此！此詩前兩聯議論亡國經歷，可恨且可哀；後兩聯寫景，將時空由歷史的瞑想帶回現實。「臺城日落」明言是詩人眼前所見的景象，表示時間已近黃昏；隱喻是南明傾覆猶如日落。自從南明政權瓦解後，如今戰事已遠，戰馬已閒，南京一帶一片平靜，但詩人內心的憂愁憤懣卻不曾平息，因為「愁見廬龍秋草外，名王千里射雕還」。由於日色將盡，南京附近的廬龍山上，只見滿清的王公貴族們射獵消遣之後歸來了，意即江山早已隨著戰事的結事而易主。雖然只是輕描淡寫的兩句，一個「愁」字卻已點出了詩人欲訴不能的哀思。

相同題材的作品尚有〈秣陵春望有作〉一組十六首，由於是七言絕句，篇幅較短，情感上不像〈白門秋望〉曲折頓挫。但詩人借景抒情，呈現另一種含蓄不盡的風格：

> 歌舞消沈一夜風，繁華自古送英雄。可憐七曲江南弄，都入胡笳慘淡中。(之五)
>
> 香車白馬簇城隅，湮雨春光乍有無。多少酒旗歌板處，遊人偏向莫愁湖。(之十二)
>
> 煙雨春光澹欲無，年年愁滿莫愁湖。清明莫向江南過，芳草萋萋是故都。(之十三)
>
> 楊柳青青萬井煙，遊人隔袖揖金鞭。桃花不解王孫恨，開遍胡姬酒肆邊。(之十四)

題目是「秣陵春望」之作，詩中的景物也的是江南春天的景牧：柳絮飛花、輕歌妙舞、芳草萋萋、青青楊柳，好一幅醉人的圖畫！但是詩人卻說「煙雨春光澹欲無」，眼前一片似錦如繡的春景，詩人竟視若無睹，寧可春光不曾存在，只因為輕歌妙舞曾斷送了江山，「江南弄」變成了「胡笳聲」；昔日故都今日已是芳草萋萋，故國只能夢裡去尋了。所謂「春望」，望來的卻是「國破山河在，城春草木深」的無限惆悵。「昔日陳宮事已非，春魂化燕欲何歸」(〈秣陵春望〉有作之三)，詩人如同春來歸返的燕子，重到此地，才發現江山容顏已改，都城空餘碧草，此處已不再是記憶中的南京，此身又將歸往何處？只見眼前處處「酒旗歌板」，詩人偏要向莫愁湖去，為的是借酒澆愁愁更愁，只有往莫愁湖去尋「莫愁」了。孰料，換來的卻是「年年愁滿莫愁湖」。年年歸往江南，年年徘徊莫愁湖畔，卻年年愁滿湖水！如此一番思量翻騰，詩人起了不如不歸去的感歎：「清明莫向江南過」。再明媚的江南春光，徒增內心的幽怨惆悵，連桃花都顯得無情，竟不解人間亡國之恨，依舊笑迎春風。以春天的美景反襯內心的愁苦，更倍增其哀也。翁山有關〈念奴嬌・秣陵弔古〉詞，頗能表達他對故都想見又不忍見的情感：

> 蕭條如此，便何須、苦憶江南佳麗。花柳何曾迷六代，只爲春光能醉。玉笛風朝、金笳霜夕，吹得天憔悴。秦淮波淺，忍含如許清淚。任爾燕子無情，飛歸舊國，又怎望興替。虎踞龍蟠那得久，莫又蒼蒼王氣。靈谷梅花、蔣山松樹，未識何年歲。石人猶在，問君多少能記。

翁山曾兩度遠走塞上，當他目擊邊塞營壘廢興之跡，所引發的並不僅是風沙萬古的悲壯豪情，還有更深一層的「中華無地做邊牆」（〈弔永福陵〉）的愁思盤鬱著。其〈題雁門關城樓〉：

> 紫塞三關控雁門，往時兵馬若雲屯。長城萬里今何用，白草黃沙滿血痕。

這些舊墟廢壘，是從前用來防禦外族的軍事要塞，也是華夷的分界點。相當年長城關口上曾是兵馬如雲，聲威多麼浩壯！而今隨著明朝的滅亡，滿清入據中原，長城萬里、防禦建築形同虛設，失去了它的意義。長城內外，白草黃沙之上，多少戰士爲捍衛疆土，留下了歷歷在眼的血痕，都成歷史陳跡了。這個代表著華夷分界的婉蜒長城，現在在邊地徒然成了點綴而已。當年的大興土木，只是讓城邊多了無可計數的無名屍骨，春閨夢裡永遠等不到的親人。又〈塞上曲〉云：

> 亭障三邊接，風沙萬古愁。可憐遼海月，不作漢時秋。白草連天盡，黃河倒日流。受降城上望，空憶冠軍侯。

亭障是設置在邊境用以防守的亭哨和護垣，這些亭哨和垣障遙對著漫天風沙在邊塞裡相連矗立，令詩人生起千古感慨。首聯兩句「亭障」、「風沙」點出了邊塞風光，而「三邊」、「萬古」一空間、一時間的對映，營造出壯偉空闊的氣象，但緊接這壯偉景象而來的卻是詩人無盡的「愁」。愁由何來？「可憐遼海月，不作漢時秋」。遼海，在此是指遼東地區，在明代，遼東是防禦後金（後改稱「清」）的軍事要地。

秋天風高氣爽，且是收獲的季節，北方民族的騎兵每每乘機南下掠奪，即所謂「胡人南下牧馬」，所以「漢時秋」是一個爲防禦而戰爭的季節。而「遼海月」卻不再作「漢時秋」，意味著明政權的失敗，遼東地區已不再是明清對峙的前線，成了平靜的大後方。詩人登上此處的受降城，不由得憶起漢代擊潰匈奴的冠軍侯——霍去病。此處「受降城」和「冠軍侯」雖是用典，然一望其字面亦可揣測到詩人的意思：他是多麼的盼望當時能有智勇雙全的英雄人物出現，擊敗清軍使之投降！這顯然亦是出自詩人對故國淪亡難以揮卻的悲情。

卓爾堪《明遺民詩》說：翁山「少丁喪亂，長而遠遊，其所跋涉者秦、趙、燕、代之區，其所目擊者宮闕陵寢、邊塞營壘廢興之跡，故其詞多悲傷慷慨。」翁山這類作品，睹物生情，寓悲痛於故國山川景物之中，不論憑弔、議論時事，都充滿了對故國的睠懷忠愛，亡國之痛溢於言表。

第二節　抒發壯志的慷慨悲歌

在前一章所討論的翁山忠愛詩之題材類型中，對於殉國節烈不遺餘力的詠讚，即是他反清心理的投射。那些殉難者以一死而保全了民族氣節，其勇氣是翁山所欽佩嚮往的，他卻不因報仇心切而輕舉妄動，其〈贈友〉詩云：「賢者重其死，與世聊委蛇。……聊陳衾與裯，同寢待鳴雞。」〈詠懷〉之十二首亦云：「忠誠夙所立、九死吾何傷。」而在第三章第二節談到翁山諷政治黑暗的作品時，曾約略提到他「苟能拯水火，何辭七尺軀」的反清志向；由此看來，他「重其死而與世委蛇」的原因，是欲伺機而動，留著用之身推翻清朝，重建漢族天下，以拯救異族鐵蹄下哀苦痛哭的千萬黎民。「予豈忍玩世，君臣有大綱。寧當猛虎步，不隨鵠鴻翔」（〈詠懷〉之六）、「君王未雪夫椒恥，臣子難寬范蠡謀」（〈遊會稽山懷古並酬陶生見贈〉），他的詩歌中時常流露出些一復仇雪恥、建立功業，以實際行動反清到底的決心。在慷慨激昂的鬥志中，有時也伴著流年已逝、壯志未酬的憂慮，充份表現出國家興亡，匹夫有責的忠貞之情。

翁山這類抒發反清壯志的作品，大都在兩次遠遊出塞時寫的。第一次遠遊至河北、山東等地，〈過大梁作〉即是他二十九歲時，途經大梁（今河南開封）所作：

> 浮雲無歸心，黃河無安流。神魚勝紫霧，蒼鷹擊高秋。類此雄豪士，滔滔事遠遊。遠遊欲何之，驅馬登商丘。朝與侯嬴飲，暮爲朱亥留。悲風起梁園，白草鳴颼颼。揮鞭控鳴鏑，龍騎如星流。超山逐羣獸，穿雲落兩鶖。歸來宴吹臺，酣舞雙吳鈎。驚沙翳白日，垂涕向神州。徒懷匹夫諒，未報百王仇。紅顏漸欲變，歲月空悠悠。

前四句起興，浮雲、黃河是飄流不定、起落無常之物，詩人以之象徵自己飄零的身世，因爲國家的覆亡，自己也成了無處可歸之人，四處奔波不得停歇。換個角度而言，「黃河無安流，驚枝無棲翰。志士生離亂，七尺敢懷安」（〈出永平作〉）。動盪不安的世局裡，有理想、有抱負之士，亦不會苟安於片面的平靜。我行逾萬里，徬徨思故鄉。黃鵠雖失所，不從燕雀翔」（〈孤竹吟〉），雖然流離失所，已無故土可踐，但「燕雀安知鴻鵠之志」，作者是胸懷大志，自強不息的，決不像那些但求一己棲身安穩，即能滿足之人。而浮雲、黃河和神魚、蒼鷹又都是流動不息的，勇敢豪邁的詩人就像此四者一樣，不停息的遠征著。遠征的目的，是爲了「朝與侯嬴飲，暮爲朱亥留。」侯嬴和朱亥均爲戰國時著名的市井游俠，隱居在大梁城內，二人曾助魏信陵君奪得兵權，馳援助趙國擊退秦兵。翁山來到大梁城，就是爲了要和隱居在此處如侯嬴和朱亥般的志士聯絡。詩人和這羣志同道合的朋友們在中州古城飲酒悲歌、馳馬射獵，過著豪邁不羈的生活，而時光也在不知不覺中蹉跎殆盡。一句「驚沙翳白日」，令人突然驚覺歲月轉瞬即逝，猛然想起神州淪亡，自己徒然懷著耿耿忠誠，但願能「報百王仇」的理想卻遲遲不能實現，忍不住爲歲華虛度、壯志未酬而歎。

另一首作於同一時期的〈過涿州作〉，更明顯的表達了他「壯志不顧生」的氣魄：

樹木何颼颼，黃雲千里愁。日月爭馳驅，民生誰獲休？置酒華陽館，五鼎烹肥牛。太子捧金卮，美人彈箜篌。數石不得醉，悲歌恨仇讎。歌舞歡未終，將軍刎其頭。驚風起燕臺，滹沱咽不流。男兒得死所，其重如山丘。白刃若春風，功名非所求！

涿州（今河北涿縣）是戰國時代有名的燕國督亢之地，翁山北游經此，借著曾發生於此地的歷史作聯想和追述，以抒發壯志。此詩前四句寫涿州的景物氣氛，和詩人感到日月竟相奔馳不息、人生亦奔波不休的心情。「置酒華陽館」以下，轉入歷史往事的追述：戰國末年，燕太子丹在此地的陽華臺上擺酒宴客，與荊軻、樊於期等人密謀行刺秦王政。後來樊於期自願獻出首級，讓荊軻把它連同督亢地圖獻給秦王，以博取秦王信任，進行刺殺的任務。當詩人正沈浸在歷史悲壯的暝想中，達到「將軍刎其頭」的激昂情緒時，忽然「驚風起燕臺，滹沱咽不流」，四周驚起呼嘯的風聲與滹沱河嗚咽的水流聲，穿越古今時空而來，詩人此時的心情不正和樊於期一樣，若能死得其所，重如泰山，就算利刃加身也將之視爲春風吹拂一般，欣然領受。詩人這一生所求也不過如此，能夠在反清事業中獻上一己之力，即使犧牲生命也甘之如飴，其餘的利祿功名，又豈能算在人生追求的目標之中？其〈燕市篇〉亦云：「名隨朝露晞，體與蜉蝣化。嗟爾世上人，悠悠一何多。」生命誠短暫，功名不足恃，汲汲營營地爭名逐利的世人，與追求國家大愛的志士比起來，其生命不啻是渺少而無足輕重的。

燕趙古來多慷慨悲歌之士，詩人來到此地，似乎也感染了刺客重義氣而輕死生的特質，一再的表現出「意氣繇來重，功名非所求」（〈過夷門〉）的精神，和視死如歸的勇氣。其〈出永平作〉（在河北盧龍縣）云：「斷袂別親友，成敗俱不還。誅秦報天下，一死如泰山。」，「誅秦」、「刺秦」似乎是詩人這次行動的代號，他在自傳性質的作品〈維帝篇〉裡，提到南明滅亡後自己的行跡時言：「嗟予破家產，報國多迍邅。左持將軍頭，右揕秦王肩。虎狼不足刺，生劫酬燕丹。吁嗟天命衰，脫身出函關。」似乎此次北遊，是抱著不顧一切、必死的決心，以雪國仇。同一時期的作品如〈邯鄲道中〉、〈信都〉、〈眞定道中〉、〈燕市篇〉等，亦表現出此一想法。不過，這次北遊並未成就任何行動，其〈出塞作〉（五古）也對這次不周詳的計畫有所反思：

> 念此血氣勇，毋乃非聖賢。忍恥古所尚，留侯亦迍邅。長松寒逾勁，南金薄彌堅。啓篋讀秘書，聊謝諸少年。

只憑血氣之勇去冒險，有勇無謀，並不符合聖賢立身處世之道。在形勢惡劣的環境中，還是暫且忍受恥辱，就像張良一樣，在博浪沙行刺秦王不遂，隻身逃亡，備嚐艱險。後來得到黃石公傳授的兵書，苦心研讀，學識大進。所謂「尺蠖之屈，以求伸也」，暫時的蟄伏，假以時日總會出現適當的時機。詩人以張良爲師範，再潛心充實，以待來日。

翁山於三十六歲那年再度北上，同年年底從南京渡江，向陝西出發。他在離開江南時有詩留別友人云：「聖賢恥獨善，所貴匡時艱。太阿苟不割，蛟龍將波瀾。」（〈別王二丈予安〉）否定了歸隱獨善的思想，抒發了匡時濟世的強烈願望。同是滿懷壯志的〈同杜子入秦初發滁陽作〉：

> 天曉滁陽望，蒼茫大野開。風威肅人馬，煙色慘墩臺。慷慨無衣賦，艱虞不世才。平生一匕首，爲子入秦來！

此詩是翁山與好友杜恆燦前往陝西途中，經過安徽滁縣時所作。四周冬日肅殺的景象，激起詩人心中悲涼慷慨的心情。因陝西在戰國時爲秦地，故曰「入秦」，正好給予詩人抒發「誅秦」大業的題材。詩的前四句，描寫冬天裡大野蒼茫的景象，北風勁猛、荒煙迷漫中，將要遠行的人馬都肅整起來，四面的墩臺也被籠罩在慘淡的氛圍中。「肅」和「慘」是句中詩眼，此二字本是形容詞，詩人此處作動詞用，更能表現臨發時人馬和四周景物嚴峻的氣氛。下半首抒發懷抱，「無衣賦」

出於《詩經・秦風・無衣篇》所云：「豈曰無衣，與子同袍。王於興師，修我戈矛，與子同仇！」是與袍襗戰友同仇敵慨、患難與共之意。「慷慨無衣賦，艱虞不世才」，透露詩人和杜子此行，是抱著共赴國難的豪情前往陝西的，尤其次句更隱以匡國之材自負，意謂在如此艱苦的環境中，才能造就出卓越的復國人才，因此，自己是決不畏懼的。末聯言「平生一匕首，爲子入秦來」，準確而形象的描繪出詩人平生的志向；詩人畢生的願望，都包含在「持匕首以入秦」這一動作裡。匕首，象徵著在人世間有所建樹、完成功業的執行工具；「秦」，則是借指清廷，是詩人欲以匕首剷除的對象。此詩寫景的部份蒼茫肅殺，抒懷之處則豪壯昂揚，整首詩蕭瑟中含有剛健之氣。

這次入陝，詩人又是滿懷希望的，尤其當時顧炎武、傅青主、李因篤等人也集中在西北，形勢更顯得大有可爲。因此，詩人心中那股「苟能拯水火，何辭七尺軀」（〈贈友人〉）、「戎馬平生志，如何怨苦辛」（〈邊思〉）的壯志，也就有了蓄勢待發的高度期待。但是，日子一天天的逝去，他所期待的事卻沒有發生，感慨和失望下，他寫下了〈望雲州〉：

> 西望雲州但夕陽，漢家何處有金湯。三年馬首迷春草，八月龍沙怨早霜。夢逐黃河穿塞盡，愁隨鴻雁入關長。平生壯志成蕭瑟，空復哀歌吊戰場。

三年前，詩人離開南方的故鄉，間關萬里，來到西北，原是想有一番作爲的。而今事與願違，希望落空，詩人回望夕陽籠罩下的雲州，何處是漢家曾有的堅固城池呢？「三年首迷春草，八月龍沙怨早霜」，暗喻了詩人一時被看似有利的形勢所迷惑，在此地一待就是三年。可恨的是這邊塞地區結霜過早，才交八月，就將春草的一片生機凍結住了。這一聯裡所「迷」所「怨」，都是別有所指的；春草，暗示反清的有利形勢；早霜，則是摧殘春草的敵對勢力。在夢魂中，詩人曾懷著滿腔有熱望，追逐雄壯蒼莽的黃河走遍了塞外；但是失望的情緒，卻隨著那每年南下避寒的鴻雁，絡繹的入關飛來。「三年首迷春草，八月龍沙怨早霜」是外界客觀局勢的衝突，而「夢逐黃河穿塞盡，愁隨鴻雁入關長」是詩人內心，理想與現實的兩種極端情緒的衝突，由這兩聯反對交織出詩人的思緒萬端，複雜心情。眼看著大好時機已被蹉跎，而自己仍夜夜做著雄圖大業的夢，夢醒時，無情的現實又一再的打擊，憂愁焦慮就像天邊雁羣隊伍那般「長」，縈繞心頭不去。勢已至此，平生壯志已由熱轉冷，面對著這邊塞冷冷清清的戰場，只有以雄渾的哀歌去憑弔、抒發了。近人陳永正於《嶺南歷代詩選》選評此詩曰：「在蒼涼沈鬱的境界中依然有一股剛健之氣，……從不像宋、明一些遺民詩那樣，如怨如慕，飲泣嗚咽。」僅管山河變色，詩人對著雁歸平沙、夕陽古塞，不禁黯然神傷，發出沈痛的長吟，但整首作品的情感卻強勁激烈，而非衰微卑弱的，這是翁山詩歌的一大特色。

這次出塞，可說地利、人和皆有了，就是得不到天時的配合，以致一切圖謀遲遲無法開展，怎不令人遺憾歎息！其〈朝發大同作〉云：

> 雞鳴人起大城，笳鼓淒淒出塞聲。青塚風高貂不暖，白河霜滑馬難行。髠鉗昔日圖成事，溝壑今朝欲殉名。枉歷三關征戰地，無由一奮曼胡纓。

雞鳴即起，是詩人急欲有所圖的象徵。然而邊塞的氣候，大自然的阻力卻讓他寸步難行。昔日翁山曾削髮爲僧以掩護身份，圖謀推翻滿清；今日這份氣節仍未更改，他是隨時隨地準備爲國家民族犧牲的！但是，千里迢迢來到三關征戰之地，卻苦無機會施展抱負，究竟要等到何時呢？另一首〈客雁門作〉七絕，亦道出了這種心情：

> 三年作晚傍滹沱，聽盡哀笳出塞歌，白髮不驚明鏡滿，秋霜只怨雁門多。

在塞外淹留三年的成果，是髮白衰，壯志與歲月在滹沱河的流水聲中、哀怨的胡笳聲中逝去。然而，詩人的決心並不曾因老去而動搖，但只嚴寒的「秋霜」不斷摧殘，使壯士陷入深深的苦悶之中。此秋霜，或許是歲月的催逼，或許是足以凍結一切生機的勢力。如此下去，豈不要將「平生王霸略，盡與酒家胡」（〈軍中〉）！這首詩，只用了三年、流水、白髮、秋霜幾個時間的意象，便道出了詩人復國壯志難酬的心情，和中年便已滿頭白髮的艱辛歷程，蒼涼而含蓄。

由上述略可看出翁山第一次遠遊是血氣方剛，想效法游俠刺客的行動以復國仇，充滿了重節義而輕生死、隨時準備犧牲的豪氣。而第二次出塞，詩人由滿懷希望，到時光嗟跎，一事無成，其心情遠爲焦慮怨抑，作品就更蒼涼悲壯了。

第三節　感事傷時的抒懷之作

感事，所感者乃是恢復之事、自身身世；傷時，是因著自然界時序節令、花鳥景物的變遷而感傷，流露出時勢消沈，無力迴天的傷慨。尤其當三藩之亂平定、鄭成功孫克塽放棄台灣、向清廷投降之後，翁山越感到恢復無望，心中的悲傷更形深沈。每逢花鳥啼放的春日、細雨紛紛的清明，或元旦、人日、新年、雨夜等時節，總會令他觸景生情，吁嗟不已，國仇家恨、淒涼身世、歲華虛度、恢復無望，千頭萬緒襲上心頭，因景生情，以情觀物，百感交集，感人至深。翁山這類作品大都直接在題目上標以歲次、節令，如〈壬戌清明作〉、〈立春作〉、〈寒食〉、〈丙寅元日作〉，是其晚年時期常見的題材。

清明是翁山作品常見的吟詠節令，例如〈寒食〉詩：「煙雨催寒食，江南又暮春。可憐三月草，看盡六朝人。」（之一）、「自與臺城別，艱難覓故君。年年寒食日，望斷孝陵雲。」（之二）。清康熙二十一年，歲次壬戌，翁山五十三歲，這一年清廷平定三藩之亂。隨著三藩的徹底瓦解，反清的浪潮也逐漸接近尾聲，清王朝的勢力得以鞏固下來。翁山雖然多少已預見這個結局，但它所造成的心理打擊仍是巨大的。在滿懷愁緒的春季裡，他寫下了〈壬戌清明作〉：

> 朝作輕寒暮作陰，愁中不覺已春深。落花有淚因風雨，啼鳥無情自古今。故國江山徒夢寐，中華人物又消沈。龍蛇四海歸無所，寒食年年愴客心。

清明時節，風雨淒迷，落花啼鳥，都好像充滿了哀思，正如詩人心中難以排遣的愁緒。春天的天氣變化不定，乍暖還寒，使人無從捉摸，就像變幻莫測的政治環境一樣。在不知不覺中，春色已深，這是因詩人愁思太滿，以致於不曾仔細注意到季節的變化。春天過境也象徵美好事物被摧殘，時序遞是自然界不變的秩序與必然的現象，誰也無法挽留；而抗清勢力的消失，似乎也是與時推移無法避免的命運了。「落花有淚因風雨，啼鳥無情自古今」是化用杜甫〈春望〉的「感時花濺淚，恨別鳥驚心」，但其予人的聯想卻較爲複雜：「花濺淚」的原因是因風吹雨打，風雨，是外在不測的打擊，是亂世的代稱。在如此飄搖的環境裡，連無知的花草都爲之同悲，而鳥兒卻無視於環境惡劣，仍無情的啼喚，催送春歸，眞是令人感慨！這是以落花有心反襯啼鳥無情，使落淚者更顯有情，無情者愈顯無情。或者，將此聯以理性的角度來看，則落花有淚，純粹是因春風春雨的吹打；鳥兒的啼鳴送春，是從古至今不曾變易的事，二者均屬自然現象，不會因人事代遷、山河易主而停止，不關有情無情。這看在愁腸百結的詩人眼裡，自然更爲傷心，花鳥竟無情至斯！故國的大好江山，徒然的在夢寐中一次次鮮明，但是，能使江山重回漢族懷抱的中華志士們，卻已幾乎消沈淨盡了。在這清明時節，驚蟄早過，各處蟄伏的龍蛇紛紛而出，此處「龍蛇」喻隱伏於草澤中的反清志士，即《漢書・揚雄傳》所云：「君子得時則大行，不得時則龍蛇。」的意思。隨著清廷勢力的鞏固，觸目所及的，皆是滿人天下，反清志士再也找不到棲身之處了，故詩人言「寒食年年愴客心」，「寒」、「愴」二字，令人感到格外的淒冷，而這種淒冷，是詩人年年每到暮春就襲上心頭的，亡國孤臣無所依存的感覺。此詩所用的語詞都很普通，如春深、落花、啼鳥、龍蛇、寒食等，一經詩人組織起來，意味便覺深長，於此可見出翁山於詩的功力。沈德潛《清詩別裁》引清人繆天自語云：「詩有庸語，入屈翁山手便超。」確是中肯的看法。

同是壬戌年所作的〈壬戌人日作〉二首，則以較爲憤慨的語氣發洩愁思：

何曾一日得爲人，五十三年未見春！人日休爲人日酒，年年人日總傷神。

江山雖好恨無人，不用鶯聲喚好春。人日與誰還燕飲，英雄一一作青燐。

人日是正月初七，本是一年之中爲人的第一個日子，是一個良辰吉日。可是詩人卻反而爲這個日子年年傷神，只因五十三年坎坷顛沛的生命中，未曾以欣然的心情迎接眞正的春天，這「人日」就過得份外艱澀了。且看這兩首詩，詩人一直扣緊「人」字作文章，尤其第一首，在要短短二十八字的篇幅裡，就用了四個人字，不但不覺重覆，反而在這斷斷續續的「……人……人」的字音裡，感到作者「恨無人」的一腔悲憤。

就在三藩之亂被敉平後，隔年在台灣的鄭克塽亦投降清廷，明正朔至此終絕。翁山對這海外孤島一直存著很大的希望，認爲「中華餘一島，正朔在重溟」（〈經陽江電白邊界感賦〉）、「乾坤不沒憑孤嶼，日月長存賴一人」（〈感事〉之二）。如今，連這一小塊以明曆紀年的國土，也已淪亡，不啻又是一大打擊！作〈感事〉詩曰：

茫茫一島是天留，父子經營作首丘。亮在自能存社稷，橫來那得更王候。君臣不肯歸魚腹，舟楫從教到石頭。恨絕生降虛百戰，桓文事業委東流。（之一）

市井多年作隱淪，不須東海更逃秦。英雄自古元無主，華夏而今豈有人。憔悴空教漁父笑，佯狂合與酒徒親。滄浪清絕無纓濯，散髮風前重愴神。（之四）

前一首裡詩人分別以諸葛亮、田橫事發議論，諸葛輔佐蜀漢後主劉禪，其地雖不及吳魏，但憑著耿耿孤忠及堅決的毅力，仍能將漢祚勉力維持下去；漢初劉邦稱帝，齊王田橫與其部下五百餘人逃入海島，劉邦恐其爲亂，遂召之曰：「田橫來，大者王，小者乃侯耳；不來，且舉兵加誅焉。」橫與其客二人乘傳詣洛陽。橫不願事漢，至半途而自殺，海中五百人聞橫死，亦皆自殺（事見《史記．田儋列傳》）。翁山舉這兩件事以論鄭克塽的降清，一是對鄭克塽不能子繼父業，努力維持祖先留下來的社稷感到失望；二是感歎鄭克塽沒有田橫那種堅持氣節、寧死不屈的勇氣，「天留一島蒼茫外，可惜田橫事不終」（〈南海廟作〉），徒令人惋惜啊！想當年鄭成功曾大舉反攻，兵臨南京（石頭城），差一點就可以光復神州。沒想到他的子孫竟輕易把台灣拱手讓人，其先人們爲復明而戰的大小戰役，皆成白費；在台灣苦心經營的基礎，委諸流水，莫怪詩人說「恨絕生降虛百戰」，一「虛」字點出一切努力化爲烏有，怎不憾恨！第二首由感事進而感懷。「非狂人不信，盡作酒徒看」（〈非狂〉），詩人多年隱於市井，狂歌縱酒，以掩飾心中侘傺不平之氣，並借此自絕於世俗之外。而今明祚已絕，華夏無人，自己的一片丹心更無由寄託，於是更加憔悴行吟，借酒澆愁。縱有清澈滄浪之水，自己已無纓可濯，只有「披髮風前重愴神」，這不正是三閭大夫憂國傷時、形容枯槁的寫照嗎？他的〈秋郊燕集作〉云：

> 披髮空行乞，淒涼去國身。龍蛇無四海，日月在孤臣。淚灑秋江滿，愁隨白草新。相逢聊取醉，莫作別離人。

更是道出了「無才扶日月，流落任天涯。」（〈春山草堂感懷〉）的自我放逐之感。

每當春來春去，詩人總會興起「花落又將盡，河清殊未然」的巨大感傷。春天，是一元復始，萬象更新之時，但是在亡國之人的眼中，新年、春景的歡樂氣氛，只會更反襯出心中的悲涼，其〈立春作〉云：

> 冉冉流光去，心孤老大前。王家非我臘，天祐是臣年。夢失雙蝴蝶，愁歸一杜鵑。春來須努力，飲酒逐花眠。（十一首之六）

春天的到來，代表著舊的一年的流逝，離故國的歲月也越來越遠。詩人慨歎自己馬齒徒增，年少時堅持的抱負至今完全沒有實現。「歲華愁裡失，人事夢中勞」，自己年紀老大，亦不再有壯年時的意氣風發。如今所能作的，「是私史長書大曆年」（〈贈家泰士兄〉），在每年一春的開始，仍用南明曆法紀年，表示故國故朝永遠存在心中，不忘記自己曾是南明的臣子。末聯言「春來須努力，飲酒逐花眠」，看似瀟灑，其實內心有著無限的愁苦：不忍見蝴蝶雙飛，不忍聽杜鵑悲啼，所以要躲到醉鄉裡去，如南唐後主烏夜啼詞所云：「醉鄉路穩宜頻到，此外不堪行」了。翁山一介「淒涼去國身」，春光爛漫對他還有什麼意義可言？不但要「飲酒逐花眠」，而且還得「努力」才能使自己醉去，可見他滿腔的心事是多麼的濃厚，連酒都無法將之輕易稀釋！這首詩，雖是以春景抒發故國淪亡已久的感慨，卻充滿濃厚強烈的愁緒，沒有柔婉纖細的「傷春」氣息。

「清明正是最愁時，淚作空濛細雨絲。春色欲尋無處所，鶯花不遣恨人知」（〈春盡〉）。春天的天氣陰晴不定，若是陰雨連綿，詩人原本陰鬱愁慘的心更籠罩在一片淒寒裡。「悲咽天何事」，淒淒的雨聲，聽在詩人的耳中，彷彿天亦爲這多舛的國運而啜泣，其〈雨夜作〉云：

> 風雨無朝暮，鳴雞不可知。天沈長夜裡，人苦極寒時。淚欲浮孤枕，情終繫一絲。平生無白日，衰暮益含悲。

此詩中的風雨、雞鳴，顯然是取《詩經·鄭風·風雨》篇的意思。自然界的風雨飄搖，正像混亂的世局，不知何時才能盼得雞鳴，天露曙光，以喚醒這幽暗無生機的漫漫長夜。像這般淒風苦雨，連月不開，詩人的心也浸在無邊的愁苦裡。「亦知天啜泣，不是雨淫淫」（〈春感〉之三），雨聲如天泣，更引發詩人的傷懷，終致「淚欲浮孤枕」，涕淚滂沱，一發不可收拾！想此生撥雲見日已然無望，就像這雨從早下到晚。詩人從夜裡即盼著天明，直盼到黃昏，就如同他自少年時代即盼望明朝的恢復，盼到今已是衰暮之年，怎堪一生「年華陰雨裡，春祗夢中看」（〈春感〉之四）呢！一場春雨，竟惹得詩人感慨連連，其心中積鬱之深可以得見了。

除了以春景、春感爲題的作品之外，翁山於晚年每逢新年元旦，都會以詩歌寄託對故國的睠懷、身世之感，呈現出「白頭浣花客，愁見歲華新」（〈冬日作〉）的感傷與無奈。如五十六歲寫的〈乙丑歲除作〉：「不記誰家臘，聞鶯識歲除。」五十七歲的〈丙寅元日作〉：「衣冠餘一客，坐老故山春」；五十八歲作的〈丁卯初春作〉：「老去方多恨，春來欲廢吟。」五十九歲時作〈戊辰元日作〉云：

> 憶昔先皇帝，元年此戊辰。久無王正月，徒有漢遺民。草野私哀痛，漁樵愧隱淪。千秋殉宗社，血淚更何人。（之一）

六十年前，崇禎元年亦是戊辰，因此這個歲次對翁山有特殊的意義。戊辰元旦這天，他不但「雞鳴肅冠服，北面拜威皇」（同題之二），而且感傷明末史事的散佚不傳，於是慨然言「元祠從今始，春秋在一肩」，著述存史、老而彌堅的遺民志節令人感動。六十歲，又作〈己巳元日作〉云：「流年荏苒恨無聞，六十還嗟未策勳」；六十一歲，作〈庚午元日作〉云：

> 庚午重爲墜地人，愁逢烈帝第三春。生從十五無君父，罪有三千是子臣。

翁山生於崇禎三年，歲次庚午。這首詩作於他六十一歲的時候，正是經歷一甲子，歲次又是庚午，遂萌生君父之思，感歎自己未盡爲人臣子的職責。他的故國之情，就如同每年準時降臨人間的春天一樣，從不停歇，從不少減，簡直是馮正中詞所云的「每到春來，惆悵還依舊」。到了六十三歲，還要故意說道：「白髮久忘興廢事」（〈壬申元日作〉），其實是無法忘懷，才故作此言。六十六歲那年，在貧病交加中，他寫下了〈乙亥生日病中作〉：

> 枉度浮生八八春，無成但作毀傷人。親終此日方稱老，家敝何年始逐貧？松爲先朝根半固，桂生南國味全辛。無窮天地唯哀痛，淚灑空知怨不辰。

貧困，老病，令詩人預感自己來日無多，雖然他始終不曾放棄反清復明的夢想，然而現實已不可轉逆。如今自己殘存於天地之間，雖已在清廷統治下過了大半生，但始終拒絕與清廷合作，不爲功名利祿所惑，所以他自比爲松，松根有一半仍深植於明朝。又自比那南國的桂樹，整個生命歷程都浸透著辛酸。詩人自十五歲即遭亡國之痛，至今六十六歲，五十年來未見故國的春天。以前還曾樂觀的想望過、籌劃過恢復的遠景，說「苟能拯水火，何辭七尺軀。王侯如敝屣，山林堪長娛」，待救得天下蒼生，完成反清大業後，就要歸隱山林；時至今日：「病得秋風起，悲涼生白頭。漸消磨劍力，長抱著書愁」（〈病起〉）。平生壯志消磨殆盡，而著述存史的心願亦不知何時能了，只能以無用的眼淚來怨恨生不逢辰，眞是「生日從來血淚揮」，枉費這人間走一遭啊！

由上述這些日常生活中，醞釀出來的詩篇，可略知翁山晚年的懷抱，並不因故國日遠而漸消，反而是「十歌藏一哭」（〈少小〉）。尤其新春歡樂之景，更加觸動他的憂思愁結，對國家那份情懷、對民族氣節的堅持，是始終不渝的。

第四節　詠史擬古以託家國之情

我國歷來的詠史詩，通常是別有寄託，借題發揮以抒寫懷抱之作，言在此而意在彼，語不多而情無限。大抵文禁越嚴，無法暢所欲言的時代裡，詩人們越會運用歷史題材，借古人酒杯，澆自己胸中塊壘，把心中抑鬱積憤之情，借評騭古人的方式曲折的表現出來。詩人雖然借用這些歷史事件和人物，卻又可以不囿於史實發展，而以藝術的手法重新加以翻案、評斷，以符合自己要表達的情思，發揮的空間相當殉。在翁山的作品中，有不少詠史詩，如同倪懷烈〈屈大均的愛國詩篇與雨花臺衣冠塚案〉一文所說，他常常運用這些歷史題材，借著評價前事、臧否人物，曲折、間接的表達他的愛國思想；用旁敲側擊的手法，寄託家國之情。

最爲膾炙人口的，大概是這首詠戰國魯仲連的〈魯連臺〉

> 一笑無秦帝，飄然向澥東。誰能排大難，不屑計奇功。古戍三秋雁，高臺萬木風。從來天下士，只在布衣中。

這首詩乃是翁山北遊至山東茌平縣，登魯連臺遺址，勾起了深沈的感慨。「一笑無秦帝」，乃指魯仲連在趙國義不帝秦之事，據《史記‧魯連列傳》載，魯仲連遊於趙，適逢秦軍圍趙，魏國使者辛垣衍提出尊秦爲帝以求解圍的方法，魯仲連認爲這是不智之舉，期期以爲不可，並說若秦王眞的稱帝，則「連有蹈東海而死耳，吾不忍爲之民也」，秦將聞之，爲其義氣所懾，竟退兵五十里。翁山將這段複雜的經過，只以短短五字涵括，精煉有力。「一笑」，表現了魯仲連無畏於強秦的自信和勇氣。翁山對魯仲連極爲推重，曾言「魯連如不死，天下豈爲秦」（〈讀史〉），也是著重於他敢以孤身與強秦抗衡的氣慨。《史記》言魯仲連時爲諸侯排紛解難，卻不願爲官，晚年逃於海上。「飄然」二字，令魯仲連神采畢現。魯仲連以一介布衣，卻能力排大難，建立奇功，維護了國家的尊嚴而不居功，不正是所有反清志士們所終身企慕的勳業嗎？而今，誰能像魯仲連那樣，志在解難、不屑居功！這樣的志士到哪兒去尋呢？只見荒廢的魯連臺上，雁羣飛過，林木在風中搖曳著，魯仲連高潔的節操受到後世無數人的景仰。此情此景之中，詩人隱然升起效法的念頭，結語大呼：「從來天下士，只在布衣中」，能進行反清大業的英雄，也只有在民間尋訪。此乃翁山隱以「天下士」自命之意也。

另一個令翁山讚佩的人物則是陳勝，〈讀陳勝傳〉云：

> 閭左稱雄日，漁陽適戍人。王侯寧有種，竿木足亡秦。大義呼豪傑，先聲仗鬼神，驅除功第一，漢將可誰論。

秦末陳勝起義抗秦時，身份只是一個被征戍邊的士卒。而他的出身更爲低微，是一個居於閭氏的貧民。然而，他少有大志，曾說道：「王侯將相寧有種乎？」憑著這股志氣，便足以揭竿而起，號召天下豪傑，成爲推翻秦朝政權的先聲。雖然他的抗秦行動最後並未成功，但翁山仍肯定他的歷史功蹟，認爲他是爲漢朝立國掃清道路的第一人，眞正算起來，陳勝應是漢朝首位開國功臣。這首詩借古喻今，以陳勝起義的身世背景，來說明「從來天下士，只在布衣中」的眞理。「自古王侯那有種，寄言閭左盡稱雄。」（〈荊門詠古〉）抵抗強權的主要力量，歷來都是出於布衣平民。即使出身微寒，只要以誅暴的大義羣起而攻，結合正義的力量，就有推翻暴政的可能。「自古皆亡命，英雄豈異人」（〈詠古〉），藉著歌詠陳勝，翁山寄託了自己的抗清思想，在慷慨激昂中充滿了期待英雄的情緒。

魯仲連和陳勝的事蹟令翁山嚮往，而荊軻刺秦失敗卻讓他惋惜不已，屢爲詩歎曰：

當年神勇是荊卿，市上悲歌最有情。豈必英雄工劍術，未應生劫待琴聲。從容不俟蘭池客，慷慨空偕豎子行。枉使秋風吹易水，白冠相送淚沾纓。(〈荊軻〉)

讀書擊劍未嗟跎，儒雅偏於慷慨多。豈有先生非樂毅，何曾太子識荊軻。燕風已起離騷賦，楚調如追易水歌。壯士至今猶髮指，寇讎長枕報秦戈。(〈讀荊軻傳作〉)

前一首感歎荊軻謀劃不夠周密，當初荊軻實應偕同他所等待的友人前去，不該匆匆忙忙的，只帶了年少的秦舞陽便深入虎狼之地。「吾家漸離應與俱，彼豎舞陽安用此」(〈易水行〉)，若不是秦舞陽臨陣膽怯，荊軻也不致孤立無援。另外，詩人認爲他失敗的另一個原因，乃是「未應生劫待琴聲」，他的另一首〈荊軻歌〉云：「可憐神勇者，生劫失良圖」，因爲荊軻想生劫秦王，反而給了秦王脫身的間隙，終致壞了大事而白白犧牲。「劍術可憐疏未講，精誠空有白虹知」(〈詠荊軻〉)、「匕首頻虛發，無成愧丈夫」(〈詠史〉)。由於這種種的疏忽而無法完成刺秦壯舉，詩人除了同情之外，似乎還帶有責難的意味。第二首〈讀荊軻傳作〉則已不是評價歷史的立場，而帶有以自身比擬荊軻的意思，只是，至今尚未有慧眼識英雄如太子丹者，自己才一直空自等待。末聯的「壯士至今猶髮指，寇讎長枕報秦戈。」已透露出作者急欲有所作爲的消息。如此寫來，又像是說荊軻，又好似別有懷抱，若即若離，令人歎賞！

再看〈于忠肅墓〉：

一代勳猷在，千秋涕淚多。玉門歸日月，金券賜山河。暮雨靈旗卷，陰風突騎過。墓前頻拜手，願借魯干戈。

于忠肅，即于謙。明英宗時，北方部落韃靼酋長也先入寇，明英宗御駕親征，師至土木堡，中埋伏被虜，史稱「土木之變」。也先本想以英宗爲人質，要脅明朝，但于謙等大臣另奉景帝當國，並加強北京防衛，挫敗了也先的陰謀，也先只好將英宗釋放回國。英宗回國之後，發動復辟以奪回皇位，于謙遂在這次奪門之變中犧牲。此詩一方面讚美于謙赤心衛國的精神，同時，對他的無辜被害表示痛心。詩首聯寫于謙卓越的功勳，永遠令後世人們追懷。是他遠大的謀略，才能使國家轉危爲安，便皇上自塞外生還。這種維護國脈的功績，本應受鐵券之賜，使與山河共存才是。「金券賜山河」，是詩人的于謙遭受到的下場所發出的不平之鳴。五、六句將鏡頭轉向墓旁景色（這是翁山律詩常用的手法），在暮雨飄蕭，陰風勁猛中，恍見當日靈旗舒卷，突騎飛過，以此寫于謙雖死，而英靈如在，因此有結語的「願借魯干戈」。春秋時，有魯陽公與敵人戰，日落，魯陽以戈揮日，日爲之返三舍（見《淮南子・覽訓篇》）。末聯用此典，予人兩種聯想：一、借戈回日，表示詩人想效法魯陽公，誓與敵人周旋到底之意。二、古人稱皇帝所在爲「日下」，魯陽戈之「回日」猶如于謙之「回帝」；詩人以「回日」暗喻了于謙的功業，並欲向于謙借戈以建立相同的功業。作者的一腔心事，通過這個典故，層層曲折的渲洩出來。

借著史上的英雄人物，相似的身世背景、襟抱胸懷，可以曲折的表現心中仰慕與效尤之意。有時，對同一個人物，因著眼點的不同，翁山給予的評價便不一致，如〈明妃廟〉：

> 明妃祠枕楚江沙，萬壑羣山夾道斜。明月尚懸香水鏡，芙蓉早墮玉門笳。羞同公主隨胡俗，幸似閼氏在漢家。終古秭歸哀怨地，杜鵑聲裡有琵琶。

歷來以王昭君爲題材的詠史詩，著筆的角度可說多彩多姿，有的感歎畫師的欺君和索賄，致令佳人命運坎坷；而杜甫詠昭君的「千載琵琶作胡語，分明怨恨曲中論」則替昭君傳達了千年不散的哀怨之情。再如王安石的〈明妃曲〉，他雖同情昭君去國遠嫁的遭遇，卻又翻出一層新的意思，說「君不見咫尺長門閉阿嬌，人生失意無南北！」待在漢廷冷宮中不見君王，和遠嫁和番又有什麼兩樣？以此來安慰明妃。

而翁山這首〈明妃廟〉，又有不同的意蘊。詩先寫明妃故鄉秀麗的風景，再點出其家鄉明月依然映著香溪，不曾改變；而佳人卻已遠嫁異族，成爲匈奴的一份子了。詩人用「墮」字形容昭君出關的「動作」，似是有所惋惜。頸聯言「羞同公主隨胡俗，幸似閼氏在漢家」，雖然昭君的和親是負有使命的，可是只要一踏上胡地，入了胡俗，她便從此不是漢家兒女；這種身份，在詩人眼中和降清的明遺民是沒什麼兩樣的。他的另一首〈昭君〉云：「玉貌同秋草，青青豈得長。已安殊類久，妻子亦何傷。」意謂明妃入境隨俗，已然胡化，又何必因爲改嫁此一有違倫常的事而感傷。連昭君這般不是出於己願而墮入異族的，他都要貶責一番，可見詩人對於不能自我把持而身事異族之人，是絕不寬貸的！由翁山對昭君的評價當中，也可以看出翁山對民族氣節嚴格堅持的程度。

然而，有時翁山又從另一個角度來寫昭君，如下面兩首作品：

> 一片陰山日易陰，漢宮春色夢了深。不隨邊地風霜變，芳草青青是妾心。（〈青塚〉）
>
> 心逐邊風遠，流悲入漢庭。雖爲沙漠草，終古亦青青。（〈明妃祠〉）

這次詩人以同情的眼光來看待明妃，說明妃雖在異族，但她夢中所見、心中所想的，都是漢宮的春色，不曾忘記己身所從來。即使邊地風露凌厲，此睠戀漢庭的心卻如同芳草青青，不會枯委。就像詩人，雖處於異族統之下，卻始堅持夷夏之防，永不妥協。下面這首〈昭君曲〉，又是別開生面：

> 憔粹朱顏出塞時，殷勤山上採燕支。無功正復慚西子，薄命何曾怨畫師。

詩人說昭君遠嫁匈奴，卻沒有像春秋時代的西施一樣，達到顛覆敵國的任務，這是該深自慚愧的！怎可埋怨畫師的私心。

漢代投降匈奴的大將李陵，翁山曾將之與堅貞不屈的蘇武對舉曰：「遙尋蘇武廟，不上李陵臺」（〈雲州秋望〉），表示自己決不步上李陵的行徑，變節降清。但是這首〈詠李陵〉卻說：

> 戰鼓無聲夜半時，三軍矢盡尺刀持。生降暫作禅王去，欲效曹柯漢不知。

詩言李陵投降匈奴，是欲暫時保住性命，以伺機效法曹柯，挾持敵人的首領使之屈服以光復漢土。這首詩的寓意和前面〈昭君曲〉所云「無功正復慚西子」是相似的，都以身在異族之人不應忘記伺機而動，報效漢庭，這似也意味著翁山的心理。清軍入關，明朝覆滅之時，有不少士大夫自殺殉國以存大節，翁山自己也說道：「臣子於君父之難，至愚至賤，無所逃死。」（《皇明四朝成仁錄》卷七，〈弘光朝太湖死事傳傳〉）。廣州城破時，其「仲兄義不欲生」，翁山「亦同懷忠憤，有捐軀報國之志。」（《文外》卷七，〈仲兄鐵井先生墓表〉），並隨他的老師陳邦彥於廣州起義。後來邦彥犧牲，弟子數人同時殉難，翁山卻僥倖存活下來，沒有眞正的「捐軀報國」。雖然他曾解釋曰：「濡忍至今，未得其所，徒以有老母在焉耳。」（《文鈔》卷二，〈屈沱記〉），但他始終對自己的隱忍偷生問心有愧，他在爲陳邦彥寫的傳記中自責道：「予十六從公受《周易》、《毛詩》，公數賞予文，謂爲可教。今不肖隱忍偷生於此，不但無以見公，且無以見馬、楊、霍……。」〔註3〕詩爲心聲，由此心理背景來推測，便不難了解他反映在〈詠李陵〉、〈昭君曲〉詩中的感情了。

袁枚《隨園詩話》曰：「讀史詩無新意，便成《二十一史彈詞》，雖著議論，無雋永之味。」詠史詩雖是以歷史事跡爲詩歌題材，但若非以抒發自己的心聲和識見爲主的話，那麼詠史詩就僅是把歷史傳聞重新搬演一次，牽湊成篇，也就缺乏新意而無雋永之味了。翁山詠史詩，寓意新而深，乃因其別有懷抱，以詠史抒心中幽深情懷，故雖著議論而不落入前人窠臼。

〔註 3〕 見屈翁山〈順德起事嚴野陳公傳〉，此文收於《翁山文鈔》一書之附錄《翁山佚文輯》徐信符輯。

第五章　屈翁山忠愛詩之表現藝術

第一節　善於設譬引比

譬即譬喻，就是引彼物比此物，宋代李仲蒙云：「索物以託情，謂之比，情附物也。」（見宋、胡寅《斐然集》卷一八，〈與李叔易書〉引其語），也就是物象之意和所喻之意有共同之處，情附於物的某一特點而顯。翁山在各種題材的作品中，都能巧妙的運用比喻，嘗言欲「使天地萬物皆聽命於吾筆端，神化其情，鬼變其狀」（《文外》卷二，〈六瑩堂詩集序〉），也就是將天地萬物加以點染變化，供自己驅遣成爲表情達意的媒介，使作品形象鮮明生動，如下面這兩首描寫景物的作品：

> 黃山本是白雲海，松樹大小皆神龍。（〈送洪氏兄弟讀書黃山白龍潭〉）
>
> 十丈珊瑚是木棉，花開紅比朝霞鮮。天南樹樹皆烽火，不及攀枝花可憐。（〈南海神祠古木棉花歌〉）

第一個例句生動的描繪出黃山的磅礴氣勢，白雲繚繞的岩峰間，一株株高低不同的勁松，迎風呼嘯搖曳，彷彿神龍在雲海中遨遊。似海的白雲，與如龍的蒼松，結合成「神龍在空中騰雲駕霧」的黃山形象。第二例則分別用珊瑚、朝霞、峰火來突顯木棉花的「紅」，接二連三的比喻，使焦點集中在火紅亮麗、鮮豔奪目的顏色上，讀之宛如火紅的花朵就在眼前浮動。有時隨著心情的哀淒，比喻之物也會被賦予悲傷的情調，如以淚與雨相譬喻：

> 清明正是最愁時，淚作空濛細雨絲。（〈春盡〉）
>
> 百道飛泉作簷溜，絕疑三峽倒龍湫。哀猿為雨空斷腸，淚逐潺湲日夜流。（〈苦雨作〉之一）
>
> 那知是雨是啼痕，霑灑衣裳冷斷魂。（〈苦雨作〉之三）

詩人心中有著亡國之痛，因之雨在他眼中遂化成蒼天的哀泣。雨，原本是不帶任何感情的自然現象，經過比喻，淒淒的雨水似乎變得多情起來。

以上所舉例子是以物比物，以實出實，其用來比喻之物僅代替形容詞的作用，所比二者之間的相似性質亦是顯而易見，所以其表現手法還不算特別。能使作品更靈動的比擬，是以實出虛，也就是以實物比擬虛情虛事，以具體的形象寫抽象的情思，使原本無形無聲的情思變成視覺上可觀可感的形象。尤其當原情感沒有現成的簡潔概念可表示，或有所忌後韋不便直言時，這種以實出虛的比喻就格外重要。翁山不但在寫景時善於運用比喻，在敘述事情時，他往往也能出之以巧妙的比喻，如描寫自己抗清行動的冒險經歷的〈擬渡三岔河有寄〉詩云：

> 神龍困螻蟻，勺水不能興。鳳凰入其羣，見辱海東青。

這是翁山描述自己「行行迷失道，誤入骨都營」，遊走塞外，迷失道路，誤入清兵營地的困境。他以神龍、鳳凰自比，而把滿營清兵比為螻蟻、海東青，形象的表現出當時虎落平陽被犬欺的危險處境，和他對敵人的蔑視。又〈留別羊城諸子〉云：

> 大魚齧蝦蛆，小魚齧沮洳。風波一失所，微沫猶相濡。（之一）

這是以《莊子》書中一則魚離開水後，相濡以沫的典故為比，敘述國變之後自己和廣州友人們的態度。「風波一失所」，比喻環境背景的驟變；而在這樣艱困的時代中，翁山和廣州的好友們仍相濡以沫，互相扶持，不向險惡的環境低頭。再如第四章曾提過的〈過大梁作〉起首四句云：「浮雲無歸心，黃河無安流。神魚勝紫霧，蒼鷹擊高秋。」以浮雲、黃河、神魚、蒼鷹的剛健不息，隱喻自己馬不停蹄的遠征，和不曾懈怠的反清壯志。又〈出永平作〉首二句云：「洪河無停留，驚枝無棲朝」，用來譬喻自己決不貪圖個人安逸，要與滿清勢力周旋到底的決心。

除了敘事，翁山更常運用比喻來抒發自己濃烈的情感與堅決的意志，如下列詩句：

> 心共桑乾水，千秋繞漢宮。（〈銀錢山〉）
>
> 予若桐江月，長隨漢客星。（〈釣臺〉）
>
> 百川自東逝，北辰無轉移。（〈詠懷〉十五首之十三）

這些詩句都是以比喻表現自己堅持民族氣節、忠於故國、永不動搖的決心。第一個例句，用千秋長繞漢宮的河水，比喻自己依恃故朝永不變向的志節；第二個例子，則說自己如同水中月影，時時追隨天上的「漢客星」。第三例〈詠懷〉以百川日夜不停的向東流動，反襯北斗星永不轉移方位的貞定，暗喻時光飛逝，自己對故朝的堅貞依舊。「堅持民族氣節」原是一種心理情感狀態，翁山不但運用比喻將此種心境物化，使抽象的情感變為具體可感的形象，更進一步以動詞將形象動態化，如千秋「繞」漢宮、長「隨」漢客星、未肯「嫁」斜暉，眞可謂「狀溢目前」，意象極為鮮明靈動。

同是表現清高的遺民氣節，翁山還有不同的比喻，如下列詩句：

> 自來顏色好，因啖越山薇。（〈白首〉）
>
> 願似商顏叟，療饑有紫芝。（〈贈友〉之九）
>
> 未有療饑物，芝華奈盡何。（〈萊圃雜詠〉）
>
> 先人薇蕨在，采采暮雲邊。（〈春山草堂感懷〉十七首之五）

這是沿用白夷叔齊義不食周粟，在首陽山上採薇以療饑的典故。食越山薇、食紫芝，暗喻君子繼軌先賢，謀道不謀食的操守。

在反清的路途中，志同道合的朋友們常因種種時空或環境不利的因素，無法聚首。而周圍又多數是沒有民族自覺之輩，令翁山在人羣中倍感孤獨，一種心境上無可契合的孤單，以下的詩句即以比喻塑造出這種心境：

仰視虛宇中，衆星燦成行。而我獨何孤，乃爲參與商。(〈將歸省母留別諸友人〉八首之七)

更憐洞庭雁，棲宿暮無羣。(〈湖中有懷〉

孤雲那有託，衆鳥自相親。(〈詠懷〉之八)

衆鳥空相命，孤雲豈有求。(〈病起〉)

黃鵠雖失所，不從燕雀翔。(〈孤竹吟〉)

蕭艾盈中林，予蘭將安歸。(〈贈友〉)

上列詩句表達的乃是「英雄愁失路，知已惜離羣」(〈喜鮑子韶來粤〉)的孤獨感。第一例的衆星燦成行，襯出詩人獨爲參與商的孤單與黯淡；而第二例洞庭雁在蒼茫的暮色裡落單棲宿，正是詩人心無所託的寫照；第三、第四例句令人聯想及陶淵明〈詠貧士〉所云：「萬族各有託，孤雲獨無依」、「朝霞開宿霧，衆鳥相與飛」，詩人就像那朵飄泊無依的孤雲，俯視著地面上的萬物各有所適，衆鳥羣飛以爭逐生活，唯獨自己不肯苟安於這種「稻粱謀」的日子，隨俗浮沈，以致於像「棲棲失羣鳥，日暮猶獨飛」(〈飲酒〉)，不肯隨俗的孤鳥在暮色裡徘徊、徬徨，找不到精神上的棲止之處，也沒有堪與自己同羣的抗清盟友。最後一例，更以蕭艾盈林來比喻小人充斥，獨抱蘭質的自己是多麼孤立無援！透過比喻，詩人將這種無可名狀的心境呈現了出來。

翁山還有許多用比爲刺的詩篇，如第三章曾提過的〈猛虎行〉詩，即全篇用比體，以猛虎比喻清廷的殘暴，將清廷蹂躪、剝削黎民百姓的行爲，以形象加以淋漓盡致的描述，隱含憤激指斥於形象之中，令人印象深刻。其他也有多處以猛虎豺狼影射清廷，如：

出門操天弧，吾將射四方。豺狼日爭食，曠野無人行。(〈詠懷〉十六首之九)

紛紛天下無賢良，豺虎皆化爲侯王。我今挽弓三石強，欲射不射心徬徨。(〈放歌別載十一〉)

煌煌我上天，照此豺狼驕。我無戈與矛，何能入山樵。(〈贈友人〉)

天狼紛下食，中土爲肉糜。(〈詠懷詩〉)

翁山也時常以候鳥之類比擬之，如：

雙淚天山灑翠微，生憎鴻雁入關飛。(〈東趙子實〉)

生憎浦口多鴻雁，食盡蘆花未北飛。(〈春望〉)

詩人憎惡清兵就像北來的鴻雁一樣，竟欲久居江南，搶奪飽食之後仍無北歸之意。另有一首〈民謠〉，也用比喻手法諷刺地方官吏的貪污：

金爲蓮葉珠，珠多葉傾覆。使君勿愛珠，蓮莖自矗矗。(之七)

金爲蓮葉上的水珠，水珠過於沈重，會壓得支撐蓮葉的莖桿無法挺立，意指太多的錢財會使人格彎曲，心術不正。所以詩人以勸諫的語氣道:「使君勿愛珠，蓮莖自矗矗」。放棄利祿和不擇手段的暴斂搜刮，人格自會昂揚正直。

其他也有許多是以歷史人物爲比喻的，如〈贈魏處士冰叔〉，通篇用「漢初有逸民，張芒一女子」，來比喻魏禧，詩云：

漢初有逸民，張芒一女子。玉貌生奇光，紈扇照如水。垂涕悲民生，欲嫁無良士。……鄰女窈窕姿，將老猶珠珥。枯楊忽生華，以爲士夫喜。秉節乃不終，媒妁持爲市。

詩本是以漢張良比喻魏禧，因傳說中張良外表如同女子，故此詩間接以女子比擬魏禧。詩惋惜他「垂涕悲民生」，空有關心民瘼的情懷，卻「欲嫁無良士」，像女子遇不到理想中的對象。末以「鄰女窈窕姿，將老猶珠珥」，貶斥那些向清廷獻媚以謀取一官半職的投機者。並說他們秉節不終，不循禮法，以反襯魏禧高尚的節操。

第二節　借景喻情

宋代范晞文的《對床夜語》云:「情景相觸而莫分也。」又云:「景無情不發，情無景不生。」這說明了詩歌創作過程中情景之間相生相融、互為依存的密切關係。情景相觸之前，只有情或只有景是不能成為詩篇的。外界客觀存在的景，並非詩歌中的景，它必須注入作家主觀的思想情感，再用語言文字表現出來，變成詩歌中的景象；而作家的情，只有通過「景」的敘寫才能讓人們感覺到、體會到，而且藉由景物來表達，可以讓情更加細微曲折，將心中無法用直敘的語言表達的情感妙處都傳達出來。也就是說，經過作家的融情入景，將外界的形象轉化為意象，〔註1〕俾使作品於抒發情思中表現景物，在敘述景物時表現情思，達到情景交融的境界。謝榛《四溟詩話》所謂「作詩本乎情景，孤不自成，兩不相背」，即此意也。

情與景的渾然融合，是詩歌的最高境界，不過，這種境界並不可多得。實際由作品中表現出來的情況，往往不免有所偏於情或偏於景，誠如王夫之所言：「情景名為二，而實不可離，神於詩者，妙合無垠。巧者則有情中景，景中情。」上焉者，自然是以情景「妙合無垠」為高，其次偏於情或偏於景，也可稱之為佳作巧構。翁山的忠愛詩篇中，無論憑弔故國、感歎身世、邊塞悲歌的作品，大都可借當時當地的景，寫中心之情。如下列詩句：

霸圖煙漠漠，王跡草萋萋。(〈晉祠〉)

白雲迷故國，春草失離宮。(〈消夏灣〉)

煙雨宮城暗，莓苔輦路封。(〈靈谷寺〉)

樹繞秦關暗，雲遮漢畤重。(〈懷西嶽〉)

誰令原廟樹，零落向斜暉。(〈中都〉)

白狐登御榻，青犢入文園。(〈天壽山〉十之三)

〔註1〕參見張少康《古典文藝美學論稿》，頁77，〈我國古代文論中的形象思維問題〉釋意象云：「它相當於我們一般所說的文藝作品中的『形象』的概念，但實際上比形象這個概念要更為確切。藝術中的形象雖然是現實中形象的反映，但它已經過藝術家的改造，具有藝術家主觀的因素，它是現實形象通過藝術的頭腦反應的產物。」所以，意象既是客觀的「象」，又融入了藝術家主觀的「意」。

玉苑淪秋草，珠簾落暮煙。（〈天壽山〉十之五）

故國淪亡是一抽象的概念，因爲只是換了新統治者和制度，但江山景物仍是舊日所有。然而，翁山卻藉著外界景物的重新組合，表達低迷的故國之思。上舉例句是翁山以形象表現出故國荒蕪的情景，大體上不出《詩經》「禾黍離離」之歎，但意味卻有所變化。其中王跡、宮城、輦路、秦關、漢畤等，代表著故國曾有的輝煌，如今覆蓋著一片蔓草、荒煙、白雲、密樹；這兩組景物，一人爲，一自然；前者已不可再，後者綿延無盡，兩相對照，激盪著詩人的感情。尤其是後兩例的玉苑、珠簾、御榻、文園，更將故國的範圍縮小，集中至皇宮內苑精緻、高貴的建築。昔日富麗堂皇的宮殿，只見白狐青獖登堂入室，玉苑珠簾淪落於秋草暮煙之間，故國實已不可再矣！詩中所寫無一不是眼前客觀景物，但所謂「一切景語無非情語」，故國淪亡的沈痛已飽含於所描繪的景物之中。

翁山也時常借景抒發亡國孤臣的身世之感。由於心中情感強烈，詩人以情眼觀物，致使一切景物皆染上亡國的思情。如這首〈寒食〉：

大小過寒食，傷春淚未終。可憐花與鳥，都作杜鵑紅。（〈寒食〉）

清明時節，細雨紛飛，無邊無際，彷彿蒼天飲泣的淚水。無論花或鳥，都因雨水的潤澤而染成一片紅色；不知是鳥染上杜鵑花瓣的紅，或者花因杜鵑的啼血而艷。花的顏色是視覺上的，杜鵑的悲啼是聽覺上的，一句「都作杜鵑紅」，將視覺和聽覺綰合在一片令人觸目驚心的血淚中！整個畫面，到最後充塞著淒紅雨水，那是蒼天爲國家一掬同情悲憫之淚，更是詩人血淚交迸的身世的外射。詩是詩人「以我觀物，故物皆爲我之色彩」的境界。由於意象鮮明，紙墨盡處，似乎仍濕潤迷離地流灑著雨和淚。再如這首〈寒食北望燕京〉：

陵園那可望，萬里冷煙迷。辛苦子鵑鳥，年年向北啼。

因爲故國陵園籠罩在一片寒食冷煙裡，詩人北望不見，於是託意杜鵑，年年辛勤的向北方燕京悲啼，以示對故國永遠的追念。表面上看，詩人將杜鵑擬人化，使之有情有思，實則杜鵑就是詩人心中不復歸來的國君的化身。又如這首寫春景的〈春日雨花臺眺望有感〉：

> 煙雨霏霏碧草齊，斷腸春在孝陵西。松楸折盡寒山露，無處堪容杜宇啼。(之一)

此詩以景託情，借孝陵荒蕪淒涼的春色，無處讓杜鵑啼鳴的景象，委婉的抒發了亡國的情感。詩中欲啼血而無棲處的杜宇，正是詩人的自我寫照。原本「松楸折盡寒山露」，和杜鵑的泣血是兩個完全不相干的景象，但詩人卻由山的光禿蕭條而聯想到杜鵑的無處可棲，就像自己在異族的天下無處立身一樣。由於這層聯想而產生移情作用，杜鵑便感染了詩人的情感面貌，以致物我不分了。另一首〈暮春山行〉云：「鵑花爲我血殷紅，朵朵清明涕淚中」，和前幾首一樣，詩人不但融情入景，而且連景都在他濃烈的情感之下被改造，不再是以原來自然的面目出現，而是以詩人的感情象徵出現了。

上述寓情於景的作品，主觀的情滿溢於景物之外，使物皆著我之色彩。而下面這首〈疊滘舟中春望作〉，則是另一種寫法：

> 喬木村村是木棉，荔枝林裡出炊煙。山痕青入寒天遠，水氣黃含落日鮮。一棹暮歸驚宿鷺，孤齋春臥畏啼鵑。江山如此無人恨，歲歲花開獨愴然。

詩的前半，純粹寫詩人在舟中望見的景色；木棉花處處盛開，荔枝林裡有人家的炊煙裊裊，山色青青直入遠天，橙黃的落日映照在水面上，多麼寧靜和諧的嶺南鄉村暮色！下半首漸漸將鏡頭縮小集中，「一」棹暮歸，「孤」齋春臥，「無」人恨，「獨」愴然，眼前面開闊而大幅的視野對比成趣。而且，歸舟驚起了水邊的宿鷺，接著又出現杜鵑的啼聲，喚起詩人心中的愁緒，漸漸打亂了方才的一片寧靜。末聯突然興起：「江山如此無人恨，歲歲花開獨愴然」的強烈感傷，在一瞬眼，將方才建立起來的寧謐氣氛打破。風景越是平靜安詳，詩人越是憤憤不平，爲何天地間萬物都如此理所當然的進行，唯獨我年年懷著亡國之痛看待花開花落！詩中寫景的部份本來是一一獨立，各不相干的瑣碎意象，但只結語兩句，便將所有的江山都收攝在亡國的憾恨裡。而且這樣的結語，更能使餘波盪漾，含不盡之情意見於言外。

有時詩人直寫眼前景，便有情生其間，如：

> 秋見盧龍秋草外，名王千里射雕還。(〈白門秋望〉)
>
> 望鄉空上昭君墓，一片牛羊共夕暉。(〈東趙子實〉十二首之六)
>
> 五陵日落牛羊亂，三輔秋高鼓角多。(〈章臺〉)
>
> 六朝春色龍沙去，一片江南雁塞同。(〈春日雨花臺眺望有感〉五首之五)

因滿清崛起於塞外，這幾個例句都是以塞外風景來寫河山被佔據的悲憤之情：南京城外的盧龍山有滿清貴族射獵；遙望故鄉，只見夕陽西下，一片牛羊雜遝；長安五陵，如今竟成了放牧的場所，三輔地區則頻頻的響著清軍的戰鼓和號角。最後一例更是上、下聯各有轉折：六朝春色，如今已隨龍沙遠去；一片江南，目前已同雁塞荒涼。借著這種荒繆對比，河山淪亡的怨抑之情，便宛然存乎其間。

下面這首〈雲州秋望〉，是翁山遠遊山西大同一帶時所作。此地北望長城，南望桑乾，自古以來，無數的爭戰在此發生過。慷慨悲涼的往事，激起詩人的豪邁詩情：

> 白草黃羊外，空聞觱篥哀。遙尋蘇武廟，不上李陵臺。風助羣鷹擊，雲隨萬馬來。關前無數柳，一夜落龍堆。

詩寫望中所見：白草連天、黃羊馳逐、陣陣哀怨的觱篥聲，蘇武廟、李陵臺、風雲舒捲，組合成雄奇壯闊的塞外風光，而詩人的情感便隱含於此壯闊的風光之中。尤其「遙尋蘇武廟，不上李陵臺」二句，透露出詩人堅定的民族氣節，意謂著他寧爲蘇武在異地牧羊，忍受饑寒風雪而持節不改，也不學李陵的失節降敵。而「風助羣鷹擊，雲隨萬馬來」，雖是寫景，但一方面流露出詩人渴望作一翻叱吒風雲的事業。詩人在塞上秋望，寓情景中，連情感也隨著景物激昂勁健起來。

又如這首〈登潼關懷遠樓〉，乃是寄情於登樓遠望之際：

> 山挾洪河走，關臨隘地開。八州高仰屋，三輔迴當臺。戍

晚棲烏亂，城秋班馬哀。茫茫王霸業，撫劍獨徘徊。

潼關，在陝西省境內渭水與黃河合流處，扼守著秦晉豫的交通要衝，形勢極爲險要。懷遠樓，在潼關城上，詩人登樓遠望，黃河衝著陝北高原之間的峽谷奔騰而來，在潼關腳下受到華山阻礙，陡然轉過身，在中條山和崤山之間呼嘯東去，看起來彷彿是崇山峻嶺挾持著黃河一起前進，而潼關就處於這崇山大河的拱恃之中，形勢非常的逼仄險隘。首聯對潼關地勢的描寫十分的貼切警策。而潼關所在的陝西，古爲秦中之地，地勢最高，對其他八州而言，潼關這邊就像高出四方的屋宇，必須抬頭仰視。這是說潼關居高臨下，用兵頗爲便利，「高仰屋」非常形象的描繪出潼關地勢的突出。而且，控制陝西心臟地帶的所謂「三輔」，就在另一方和潼關遙遙相望。此詩上半首到此爲止，都在寫潼關險阨的形勢，山挾大河、關臨隘口、地勢高聳、遙望三輔，暗示其具有高度的軍事價值。下半首以「戍晚棲烏亂，城秋班馬哀」，點出潼關這個軍事要地的肅殺蒼涼：戍樓上羣鴉鼓噪，伴著潼關城下，秋風傳來陣陣馬嘶，聽來格外哀切空盪。在我國歷史上，陝西曾經是好幾個王朝立國的根據地，尤其潼關更是兵家必爭之地，是王圖霸業的開展之基。而今詩人來到此地登樓望遠，關河形勢依舊，霸業已成了歷史，不禁「撫劍獨徘徊」。這是情與景相反，景物的蒼勁雄偉反襯出詩人無力迴天的深歎，造成一種物我衝突的強大張力，激昂的聲勢就在這種相互衝激中形成。

第三節　寄託的運用

陸時雍《古詩鏡總論》云：「詩之妙在託，託則情性流而道不窮矣。……夫所謂託者，正之不足而旁行之，直之不能而曲致之。情動於中，鬱勃莫已，而勢又不能自達，故託爲一意、託爲一物、託爲一境以出之。」借詠物抒發家國情懷，以美人香草寓忠君愛國之思，是翁山詩歌中常用的寄託手法。運用比興、象徵的技巧，詩人將內心深處含蓄深沈、幽微怨悱的理想與情感寄託於所詠事物之中，言在此而意在彼，造成含蓄不露的印象。這當然和〈詩經〉以比興手法言志抒情，屈子〈離騷〉以美人香草爲譬喻、〈橘頌〉借橘言志等寄託傳統有關。而翁山處於特殊的政治環境之下，由於種種的社會禁忌和避諱，更促使他利用此一傳統做有意的發揮。以下便依寄託的題材分爲詠物、閨情二類加以說明。

一、詠　物

翁山對詠物詩寫作的主張，即相當重視詩中寄託之有無的問題，他在爲人所作的〈詠物詩引〉中說道：

> 詠物之詩，今之人大抵賦多而比興少，求之於有而不求之於無，求之於實而不求之於虛，求之於近而不求之於遠，求之於是而不求之於非，故其言愈工而愈拙。劉子漢臣所爲詠物詩甚眾，若雪與梅尤其用意深遠者，言在此而所以言者在彼。其辭微，其氣象肅穆，使雪與梅之精神旁見側出於行墨之間，風人之能事至是而畢，所謂善於比興者非耶。

翁山倡言詠物詩要善於比興，並認爲當時人寫詠物詩大都「賦多而比興少」、「賦者，敷陳其事而直言之也」，以直敘的方式詠物而忽略比興的運用，在翁山看來，是只求於「有」、「實」、「近」、「是」，只知鋪陳事物外露的、表面的、淺近的、看得見的形態，沒有掌握到「物」更深一層的意蘊。雖然刻劃精細，但「言愈工而愈拙」，剪裁整齊而生意索然，不能產生感人的藝術力量。更糟的是，這種詠物詩缺乏深刻的性情寄託，而「詠物詩無寄話，便是兒童猜謎」（袁枚《隨園詩話》卷二），了無旨趣。因此，翁山要求詠物詩應善於比興，以「索物以托情」之比和「觸物以起情」之興，寫出物之「無」、「虛」、「遠」、「非」，即以聯想挖掘事物所暗喻的、無形的、深層的、物外的性質，這些性質，其實也就是詩人托物言志之「志」、附物以情之「情」，情志寄託之所在。詩人注入了情志寄託，所詠之物方能詞微而意深，言在此而意在彼。

在實際詠物詩的創作上，翁山頗能實踐自己的理論，寫物而不黏於物。他詠菊、詠梅、詠蘭、詠杜鵑、詠竹、詠蟬等，大都離貌取神，託物寓志，借詠物以寄託家國之情，如這首〈白菊〉即暗喻了自己的民族氣節：

> 冬深方吐蕊，不欲向高秋。搖落當青歲，芬芳及白頭。雪將佳色映，冰使落英留。寒絕無人見，梅花共一丘。(〈白菊〉)

屈子〈橘頌〉，是以歲寒不凋的橘樹來比喻自己「獨立不遷」、「橫而不流」的操守和品格；翁山的〈白菊〉，則是以嚴冬才盛開的白菊為喻，寄託自己不畏惡劣環境，遺世獨立而冰清玉潔的民族節操。菊花盛開大都在秋季，但這些「向高秋」的菊，在詩人眼中卻是「多少重陽節，爭開不自持」，不值得一顧的。唯獨這朵白菊選在冰天雪地時怒放，逾眾菊之道而行，顯出其不隨俗浮沈的非凡傲骨。大雪時節才吐蕊的白菊，卻不幸青歲即凋落，暗示著作者早將青春年華獻於抗清活動。雖然失敗，但民族氣節終身不改，堅貞氣節的芳馨至老猶存，所以言「芬芳及白頭」。白菊生長於嚴寒的冰雪之中，雖是不幸的遭遇，但也因冰雪的關係，而反映出菊純淨無垢的佳色，更令它即使「搖落」，花瓣亦不隨處飄泠，嚴冰將之凝固於花枝之上，長留於天地之間，而不受泥土污染。在頸聯這兩句裡，冰雪變成了造就美好情操的助力，亦即「時窮節乃見」之意。雅淡之中，寓有作者的節概。雖然如此，詩人還是感歎白菊之「寒絕無人見」。冬菊與重陽秋菊相比，因其處境之寒絕而罕有知音來欣賞，暗喻自己的操守少有人能理解。其另一首〈菊〉詩言「籬邊自榮落，誰見此孤芳」，透露的亦是這種淡淡的怨抑。然怨抑僅止於此，詩人馬上改口「梅花共一丘」，同是「寒絕無人見」，但始終相伴的，還有「花中氣節最高堅」(陸游〈落梅〉)的寒梅呢！翁山〈對梅〉詩云：「南國雖無雪，紛紛在鬢絲。梅花吾與汝，同是白頭時。」即道出自己與梅花同為堅持氣節，老而彌堅的。

經過分析，此詩題為〈白菊〉，全篇完全不摹寫其枝葉花莖等外觀形象，即不求物於有、實、近、是，而重在突出其「不欲向高秋」、「芬芳及白頭」、「梅花共一丘」的物外之風神秉性。每一句都在寫菊，但每句又是詩人堅貞的民族氣節的神采寫照。詩人言在白菊而所言者在我，其中的寄託是很容易看出的。翁山這類詠菊之作不少，但其喻意和〈白菊〉相去不遠。如：

> 金錢惟有汝，朵朵不曾貧。但覺香清烈，安知味苦辛。秋容寒更淡，晚節老逾眞。不是陶彭澤，誰爲采采人。(〈對菊作〉)

> 朵朵無懷氏，枝枝太古風。大雪開逾盛，同心與梅同。(〈菊〉)

相對於上述這些菊的高風亮節，翁山的〈紫菊〉則寄託了諷刺之意，即：

> 年年紫菊先黃菊，正色由來得令遲。稍染清霜朱已奪，深含白露濕難持。冠邊香雜茱萸氣，釵畔妍爭翡翠姿。重九最憐開應節，陶公籬落未曾知。

詩中表現出「惡紫之奪朱」的厭惡和不以爲然。紫菊搶先黃菊而開，但秉性脆弱，受不得霜露。人們一時被其色澤豔麗其異所惑，爭相採摘配戴。可是到了重九眾菊齊放之時，它已枯落一地，也無人注意。同樣是菊，只因顏色、品類的不同，竟有如此大的差異。雖然無法確知詩人所刺爲何，但有所怨刺的情緒則是明顯強烈的。

蘭花通常開放在深山空谷，獨抱幽芳，一向不與其他花卉爭放。故屈原在〈離騷〉中，以「紉秋蘭以爲佩」，象徵君子不合時宜、孤芳自持的態度。後來詩人寫蘭花，往往和君子出處行藏相關涉。試看翁山的〈松上蘭〉：

> 蘭生乃無土，託根高松端。爲君作蘿蔦，青青同歲寒。馨香在天半，無因充玉盤。嗟爾搴芳人，盼望空長歎。紫莖何嫋嫋，綠葉何反反。但見白雲覆，安知清露溥。嗟彼生沅湘，枝枝臨江干。行夾得采擷，持以成幽歡。一朝蕙草晚，棄捐同齊紈。雖蒙置箱篋，詎異塗泥間。

松上蘭，是長在松樹上的蘭花。此詩分成兩部份；前半寫松上蘭托根高松之上，獨自在半空中散發著清新的香氣，讓地上的採花人望空興歎：眼望著它那麼高潔美好地在空中隨風搖曳，怎奈就是無法把它摘下置於盤中。從「嗟彼生沅湘」以下，則是以感歎的語氣，惋惜那些生長在湘水、沅水之濱的蕙草（俗名佩蘭），因其生長在塗泥上，採摘容易，成爲男女相贈以示愛情的信物。一旦凋殘無用，就會如同秋天被棄置的扇子一樣。一首詩中，用兩種不同的情況互成對比：松上蘭雖孤高難親，但始終抱著幽貞的志節，眾穢獨清；蕙草雖一時爲相戀男女所愛賞，但淪入塵俗，便失去幽深的情趣，更別說凋萎之後遭棄的命運了。翁山有〈蘭蕙曲〉云：「爲蕙不爲蘭，是儂甘自賤。只恐花雖多，馨香有時變」，甘爲蕙草是自賤的行爲，可見蘭、蕙之間的差異。觀整首詩，作者似乎是借以寄託自己堅持氣節的出處行藏，並暗喻那些仕清之人，終有一日也會遭到秋扇見捐的命運。劉斯奮、周錫馥的《嶺南三家詩選注》，謂此詩作於翁山投效吳三桂之後，因吳三桂之流各懷私心，非爲反清復明打算，因此，詩人借此詩寓託自己被利用的苦悶心情。以松上蘭的孤高超脫，襯出自己終被拋棄的憂慮。當然，這兩種說法皆未必符合作者原意，但這首詩顯然是有所寄託而發是不錯的。

翁山有許多詠物詩以五絕的形式寫成，語言質樸，含有民歌味道。因爲篇幅短小，更容易有餘音迴盪於文字之外。如：

> 正色難自久，榮華只一朝。自嫌因太赤，不欲鬥嬌嬈。（〈朱槿〉之一）
>
> 朱顏苦難駐，花裡一蜉蝣。榮落須臾事，誰能得白頭。（〈朱槿〉之二）
>
> 南國雖無雪，紛紛在鬢絲。梅花吾與汝，同是白頭時。（〈對梅〉三十九首之十五）
>
> 橘柚炎天物，霜時熟更紅。騷人曾頌汝，香在〈九章〉中。（〈橘柚〉）

以上所舉翁山的詠物詩，大抵是「借物以寓性情，凡身世之感、君國之憂、隱然蘊於其內，期寄託遙深，非沾沾焉詠一物矣」（沈祥龍《論詞隨筆》）之作；換言之，是他內心對國事、身世的情懷感受。其寄託之旨，雖或顯或隱，但都有言在此而所言者在彼之意，值得細細考索推究。

二、閨　情

翁山〈無題百詠序〉曾提出「詩以麗爲貴」、「詩人之賦麗以則」、「合乎則而能變化不失其正，斯則麗之至者」的觀點。語言不妨清麗，感情亦可悱惻，但詩旨要不失其正，即必須合乎「發乎情而止乎禮義」之大原則。例如「所言不過男女，而忠臣愛國之思溢乎篇外」的作品，就是「麗而不越乎其則」。簡而言之，就是「託意男女」以寄忠愛之思。如這首〈花前〉：

> 花前小立影徘徊，風解吹裙百褶開。已有淚光同白露，不須明月上衣來。

這首小詩，詩中女子形象清麗，她佇立花前，徘徊躑躅，任風吹亂衣裙而不顧；她滿眶含淚，閃亮有如白露，直等到明月升起。她在等待什麼？她何以如此幽獨傷心？她心中有所思念嗎？詩人並直以言之。或者，「她」乃詩人「忠君愛國之思」的形象化身，而非客觀存在的一個實體。

再看這首〈古意〉：

> 妾有大秦珠，嘗含明月姿。明月虧有時，妾珠光不移。朝懸妝鏡臺，暮繫紅羅衣。君心不可照，持此委沙泥。願得青鸞鳥，銜將贈宓妃。

詩以女子的口吻，說自己曾有明珠一顆，晶瑩剔透如明月，而且明月時有虧缺，明珠的光芒卻從未稍減。此詩表面寫女子愛惜信物，朝懸鏡臺、暮繫衣裙，一刻也不離身，爲的是有朝一日能與心儀的君子相會，將皎潔如己心的明珠交與他；若進一步結合詩人的身世襟抱，和他所說的「所言不過男女，而忠君愛國之思溢乎篇外」來考索推敲，實是暗藏著詩人幽微的心情。詩中的妾是詩人自喻，明珠則是他皎潔美好的志節，那光芒如同明月一般，誰都能看得見的。由這個角度來看，則「明月虧有時，妾珠光不移」，乃暗喻明朝雖亡，己心不改的遺民志節，仍朝夕勤修維護明珠的高潔，以待値得奉獻的君子出現。但是，詩人以爲遇到合適之人，以明珠相贈，沒想到「君心不可照，持此委沙泥」，遂令明珠蒙塵，枉廢自己如此珍重寶愛！詩人未言明君心何以「不可照」，但他顯然所遇非人。就好比屈原在〈離騷〉裡，一再的表明自己是如何的「好脩以爲常」，朝飲蘭露、夕餐秋菊，整飾修潔，無一懈怠，卻得不到君王的青睞賞識，這不就如同明珠被通棄於沙泥之中嗎？最後，詩人只好自我安慰道：「願得青鸞鳥，銜將贈宓妃」，委於泥沙中的明珠，或許有一日能得良媒，將之送到遠在天邊的美人手上吧。「宓妃」，是一個理想境界的化身，是詩人對冰涼現實失望之餘，一個超脫、純美的假想。既然凡人不能識我，至眞至善的美人總會明瞭耿耿此心吧！這個幻想的出現，基本上仍是源於現實的不得意的。如此，假託一個女子潔身自愛、忠信不移、終而遭棄的境遇，詩人寫出了自己不被理解的苦悶，一個才智之士求不到好的遇合的感慨。另一首〈紈扇詞〉云：「紈扇先秋葉，徒懷明月新。自憐妾薄命，不敢妒他人。」託喻的也是這種人、時不濟的命運。

再看這首〈有所思〉：

> 美人日已遠，春草日空深。欲去瀟湘隔，兼之雨雪陰。相思生白髮，相寄只彫琴。安得飛龍馬，隨君入桂林。

詩歌中的美人，通常是一種假託，是詩人在現實世界有所求而不得，遂以語言文字建立起來的、虛幻的追求目標。「詩人扮演一個經年累月的追求者，引領徘徊，沈哀思慕，對聖潔的美人幻象永遠寄予莫大的希望。」這個美人，有時是一種理想、信仰，如屈原〈離騷〉中上天下地，周遊悵望地追尋的美人；有時是指君王，或完美的政治理想。總之，「她」是詩人人生中一個永恆努力的所在，「大凡不能明說直說的雄心壯志、幽情隱痛、都可以藉一個美人幻象來抒發寄寓。」（見黃永武《中國詩學・思想篇》之〈古典詩中的美人幻象〉）張衡的〈四愁詩〉云：「我所思兮在桂林，欲往從之湘水深，側身南望涕沾襟！」翁山這首〈有所思〉中的「美人」，同樣在重重阻隔之外，除了瀟湘水深，更兼雨雪陰寒。「路遠莫致倚惆悵」，路途險阻，欲去不得，徒能懷憂心傷，相思髮白。究竟如何才能突破困境，達到美人身旁？詩人異想天開地說道：「安得飛龍馬，隨君入桂林。」飛龍馬，或指騰雲駕霧。因爲地面上阻礙重重，改以超現實的方式，此更將美人推舉到超凡出俗、雲霧繚繞的不可觸境地，顯出詩人要追求的目標之難致。

然而，在另一首〈有所思〉裡，詩人便不如是樂觀了。他說：

> 將相幾人留島嶼，君王何日出蠻夷。可憐五色飛龍馬，無由扈從到瑤池。落花寂寂愁獨處，浮雲渺渺長相思。

據汪宗衍《年譜》的詩文繫年，這首七古〈有所思〉是爲永曆帝被害作，詩人所思的對象是當故王。借著美人的幻象，詩人寄託了難言的幽情隱痛，及長遠的思君之情。

第四節　游仙以寄遐思

翁山曾言三閭大夫屈原詩歌的特色曰：「三閭多微言，游仙託荒誕。追琢諷諫心，光采爭雲漢。」（〈贈友〉五首之四），寄微言於虛荒誇誕，寓諷諫以瑰瑋詞藻，的確是屈子作品一大特點，而這也正是翁山積極師法，而實際運用於詩歌創作的表現技巧。潘耒〈廣東新語序〉即說翁山之詩「祖靈均而宗太白，……大都妙於用虛」，妙於用虛，就包含了以虛構、想像進行創作的特徵。近人朱則杰在其《清詩史》一書中，更將翁山名之曰「幻想詩人」，認爲翁山詩歌最爲突出的特色，即是他善於幻想遐思的表現方式。他說：「屈大均富於幻想，在他的詩歌中，繚繞著一片虛無縹緲的仙氣，給人一種超然於塵世之外的感覺。」（朱則杰《清詩史》）。由於現實環境的不容許，直接如實的描寫心中的情感和理想是困難的，詩人轉而借助於幻想的世界，由神話、傳說、或佛、道等超現實的內容中取材，以奇特的表現手法，抒發滿腔的憂憤愁思，寄託難以達成的理想願望。

「人間今已矣，何處是蓬萊」(〈悔不〉)，亡國之後，國土已淪爲異族天下，寸草寸木皆非原有，何處是可堪託身的蓬萊仙境呢？此身在現實世界中既無所依，詩人只能寄情於創作，以詩筆去描繪想像中的神仙生活。其〈度嶺贈閨人〉云：

> 啼烏愁自白門歸，故國樓臺慘夕暉。無主豈能生羽翼，非時安可捨芝薇。蛾眉忍作要離劍，蝶翅堪裁葛令衣。自古仙人貴偕隱，不關恩甚戀閨幃。

由於「故國樓臺慘夕暉」，神州沈淪，現實環境已不可爲，故詩人說自己願採芝薇，依葛令，效仙人之偕隱，以此尋求心靈上的寄託。其〈題李生畫冊〉詩云：「天下正無山水地，仙人應念帝王洲」，亦道出了亡國和求仙之間的因果關係。「何處青山堪托跡，欲隨徐市入蓬萊」(〈侯潮門眺望〉)，甚至，在滿清統治下，連可堪歸隱的青山都不存在，只得隨徐福飄洋過海，去尋求完全純淨的海外仙鄉了！傳說中，徐福奉秦始皇之命，帶三千童男女到海外求長生不老藥。但是在翁山心中，徐福乃是拯救這三千童男女脫離秦王暴政的英雄。其〈詠古〉詩云：「福也非神仙，救民有奇意。詐之出湯火，三千誠不易」，並言其在海外「自作一蓬萊」。無處託跡的詩人，在進退失據的情況下，拈出種種仙境傳聞，借以尋求精神上的慰藉，以蠲愁解憂。其境雖虛，其情卻眞。

蓬萊仙境，是免於異族統治的避難所；而它的清高潔淨，有時正象徵遺民志士堅不降清的民族氣節。其〈諸公餞予玉河亭子賦別〉云：「但同慈母餐芝草，便是仙人隱玉壺。」將歸家奉母同餐芝草，視爲仙人高隱，是堅持民族氣節的形象。明亡後，曾有清廷官員欲推舉翁山出仕，翁山屢以奉母爲由婉拒，若結合翁山流露於詩歌中的思想看來，則誠如屈向邦《粵東詩話》所言：「其謂母老不忍廢養者，乃託詞也。」另一首寫奉母到他處避難的〈奉母入瀧洲避難寓從弟之姻林氏館有賦〉也說：「遯世心無悔，遊仙路不迷」，遯世和遊仙，是爲躲避清廷的網羅，避免與屈節者同流合污。意志堅定，自然無所迷惑。

又〈送時君之京謁選〉云：「羊城自是仙靈窟，莫漫移家向玉河」，他勸喻友人不要上京求仕，在家鄉隱居才是好的選擇。在〈古詩爲葉金吾壽〉裡，他更詳細描繪他所嚮往的神仙世界：

吾將終羅浮，服食惟朱草。何以披四肢，蝴蝶大如箕。何以作棲宿，十圍籠蔥竹。一節爲一房，兩節爲一屋。何以爲儔侶，麻姑與玉女。

由字面看，這是一個仙氣騰騰的隱居藍圖，再仔細深究，實則其中含有心向故朝的寓意。因爲「服食惟朱草」—— 朱草者，朱明王朝也（草、朝音近）。所以，翁山詩歌中的求仙訪道，有時便是堅守氣節，忠於明朝的代稱。其〈讀史答陶苦子〉云：「棲遲豈有煙霞疾，夢寐長依日月光」，正爲這種「障眼法」做了最好的說明。棲隱青山，豈是貪戀煙霞景緻？乃是爲「夢寐長依日月光」 —— 心繫故國所致，「日月」，即明也。可見這些恍惚迷離的詩篇背後，是有著強烈的忠貞情感爲基礎的。

在翁山的詩歌裡，同是仙人仙境，卻會隨著運用的方式不同，而被賦予不一樣的意義。前面所探討的作品，其中瀰漫的仙氣，是詩人厭棄異族統治，睠懷故國的表徵，不免有消極逃避的傾向。而以下所舉的例子，仙氣中所蘊藏著的，卻是積極的意志。如：

姑射以神凝，使民疵厲蠲。（〈維帝篇〉）

仙人本爲蒼生出，大道難令濁世容。（〈春日懷白華園〉）

秦末神仙多上策，漢初豪傑少私軍。（〈贈家泰士兄〉）

巢由不爲蒼生起，坐使神州俱陸沈。（〈羅浮放歌〉）

上舉前三例句中所說的姑射、仙人，是詩人所期盼的英雄；所謂的「上策」、「大道」，則是救國的良方。他盼望故國重興，希望得到神仙的幫助，更期待神仙的神機妙策能解民於倒懸，拯救天下蒼生。而第四例則有怨怪天下賢能之人不肯用世，坐視神州沈淪的意思了。其〈贈張丈天生〉云：「佯狂予非高陽徒，九齡好道守丹爐。丹成欲濟蒼生厄，未逐軒皇升鼎湖。」守爐煉丹，本是仙家修爲以保長生的方式，在這裡，則引申爲詩人自我修持的過程。詩人「好道守丹爐」，是爲了有一天「煉丹有成」，有足夠的能力以救濟蒼生苦厄。也唯有實現了此一願望，自己才能眞如仙人一般地自在：

漢賊由來不兩立，男兒豈必封侯王。瓶中況有丹砂在，只須功成便遨翔。(〈長歌為王龍子壽〉)

得見河清即子喬。(〈六十二歲生日作〉)

王命早從慈氏識，功成方作躍眞仙。(〈癸酉元日作〉)

這是翁山終其一生所追求的崇高理想。只要漢室一日不能恢復，他就一天無法擺脫亡國的包袱、沈重的責任感，而像神仙般的快活。唯有河清海晏，個人才能獲得眞正的自由。由此看來，這些看似虛無荒誕的游仙詩篇，乃是詩人又一種託喻的手法，所言雖是虛幻的神仙之事，寄寓的卻是極眞實的家國之情。

除了抒寫理想外，在敘述自己的遭遇時，翁山同樣能不黏於現實，以虛筆出之。如〈會稽春暮，酬南海陳五給陳懷子塞上之作，兼寄西樵道士薛二〉：

我家扶桑下，日日見東君。遺我紫瓊花，風吹落白雲。白雲泱莽起南海，蓬萊宮闕須臾改。往日三千玉女羣，只今惟有麻姑在。與君攜手入羅浮，瑤琴一曲難消憂。……君家相國奮長劍，曾捧軒轅出金殿。嗚嗚吹角爲龍聲，大呼玄女來助戰。蚩尤未滅妖氛多，可憐碧血歸天河。

這首詩中運用了一些「神物」來比喻現實：「白雲泱莽起南海，蓬萊宮闕須臾改」，指前四句所鋪寫的神仙般寧靜的生活，在一瞬間爲戰亂打破。「三千玉女」，是作者的朋友們；「惟餘麻姑」，則指陳子升，即題目所言之陳五。南明永曆朝曾授予陳子升給諫的官職，故翁山仍稱其陳五給諫。陳子升之兄陳子壯，曾參與擁立永曆帝在廣東肇慶即位（後來與翁山的業師陳邦彥、張家玉一同起兵抗清），中謂「君家相國奮長劍，曾捧軒轅出金殿」就是指此事。接著詩人又以黃帝大戰蚩尤來比喻南明和清朝的戰出。其〈維帝篇〉云：「吁嗟蚩尤亂，闇闔紛刀鋋。湘君沈錦瑟，重華失金鑾。」也是以蚩尤喻清軍。由於運用了麻姑、玉女、軒轅、玄女、蚩尤等種種傳說中的人物，使得原本單純的敘述遂變的多彩多姿，光彩耀眼，令人目不暇給。

此外，如〈張二文畫馬送予出塞詩以贈之〉云：「我棲羅浮四百峰，十年學道師老龍，忽睹扶桑上紅日，眞人飛出蕊珠宮。邇來劍得白猿術，登臺嘗舞雙芙蓉。清泉白石心已厭，慷慨欲游關塞中。」敘述自己遠游之前的生活，也充滿了神仙情調。又〈烈皇帝御琴歌〉以「湘妃錦瑟秋風咽，山鬼蘿衣夜雨寒。欲排閶闔叩天鼓，忠信翻爲虎豹欺。」形容觀琴時內心情感的翻騰洶湧，手法頗爲奇特巧妙，寓眞摯情感於奇幻誇誕之中。

由於刻意的學習屈原，翁山也襲用〈離騷〉中的象徵，如〈秦樓曲〉幾於整篇用之：

> 吾命豐隆去，乘雲求宓妃。鳳凰媒既拙，精衛魄何歸。偃蹇瑤臺月，飄颻雒浦衣。高辛先我合，捐珮意多違。

此詩名曰〈秦樓曲〉，似與求「佚女」之事有關。詩乃是出於〈離騷〉：「吾令豐隆乘雲兮，求宓妃之所在」、「鳳凰既受詒兮，恐高辛之先我」、「望瑤臺之偃蹇兮，見有娀之佚女」；〈九歌〉「捐余袂兮江中」。在〈離騷〉裡，作者因良媒難得、美人心意不堅而屢遭挫敗，喪失了求「佚女」的機緣，而爲他人所得。翁山此作的託意雖含蓄不明，但似不脫〈離騷〉以「靈脩美人，以媲於君；宓妃佚女，以譬賢臣」的意旨。

誠如朱則杰所言，善於幻想是翁山詩歌創作方法上特色之一。除了上述有所寄託的作品之外，其他尋常的登臨、贈友之作，亦時常出現「仙氣繚繞」的詞句，如：

> 仙人飛不下，玉女笑相從。縹緲星河外，迎予一白龍。（〈秦獄〉）

> 羅浮禽五色，絳羽是君王。偶厭三珠樹，翩翩下大荒。經年不飲啄，萬里空煙霜。有友芝田畔，相思殊未央。（〈懷朱

十〉）

詩中的仙氣，予人飄然出塵的暇想，但這已非本文所討論的範圍了。總之，這種幻想的創作方法，是翁山詩歌的一大特色，尤其經常用於表現在忠愛之情的寄託上。誠如他〈壬子春日弄雛軒作〉詩所云：「託意惟男女，凌虛少羽毛」（之五）。浪漫荒誕之中，隱藏著幽深的家國忠愛情懷，和屈子是十分相近的。

第六章　屈翁山忠愛詩之風格變化

第一節　多種風格兼具

皎然在《詩式》中將詩歌風格歸納爲十九種，各用一個字來概括其特徵，其中云「放詞正直曰貞」、「臨危不變曰忠」、「持操不改曰節」，〔註 1〕這幾類風格最能概括翁山詩歌內容的精神特點。「忠貞雄直」之氣是翁山詩歌所顯現出的主體風格，而這股主體風格又因種種因素，而衍出多種風格的兼具交融。由於作品的風格往往有這種兼具交融的現象，使得將風格客觀而絕對的分類成爲困難的工作。因此，以下試參考前人對翁山詩歌風格的評介和一己心得，大致分爲沈痛悲慨、沈雄勁健、奇幻浪漫、微婉清新四類，分別說明如下：

一、沈痛悲慨

徐世昌《晚晴簃詩匯詩話》云：「翁山……詩自謫仙入，念亂憂生，盤鬱哀豔。又以初遭鼎革，每多故國之悲。〈燕京述哀〉……、〈西山口攢宮〉、……述思陵未造事，語至沈痛。」翁山初遭鼎革，其睹

〔註 1〕皎然在分析十九體的特徵時，角度和標準並不完全一致，如講「貞」偏重文詞風格，講「忠」、講「志」，則主要是指內容特點而言。

物感舊、憑弔故國之作，往往詞情濃烈，哀豔至極，如：

> 歲歲逢寒食，西山哭聖明。股肱無稷契，涕涕有皇英。涿鹿何曾戰，髯龍不下迎。淒涼閶闔外，落日動邊聲。(〈燕京述哀〉七首之三)
>
> 陰雨煤山樹，君臣各一枝。內城吹角急，前殿擊鐘遲。玉輦還無路，珠丘築幾時。可憐燕父老，弓劍至今悲。(〈燕京述哀〉七首之六)
>
> 渴葬春秋恨，干丈禮未成。一抔秋草滿，萬里朔雲平。白日沈蒿里，青山斷寶城。微臣有蘭杜，何處薦皇英。(〈銀錢山〉)
>
> 落日昌平道，愁從關塞歸。九門吹畫角，萬户擣寒衣。伏草黄狐嘯，銜蘆白雁飛。朝宗橋下水，嗚咽出金微。(〈昌平道中〉)

燕京、銀錢山、昌平道，皆爲明京畿舊地，而今滿眼的殘山賸水，在陰雨連綿、日落西山的烘托之下，格外顯出蒼涼蕭條的意境。詩人在滿目瘡痍中追悼故國舊君，卻運用許多華麗輝煌的名詞如玉輦、珠丘、髯龍、寶城、金微、皇英等，鮮明的設色與濃烈的思君之情相映，愁腸百結，幾乎令人不忍卒讀。詩人在傳達滿溢的哀痛時，往往避開正面的供述，藉其他事物以道自己的心曲，如〈燕京述哀〉末聯云：「可憐燕父老，弓劍至今悲。」燕地父老之悲，其實就是翁山的遺民血淚啊！而〈銀錢山〉末聯云：「微臣有蘭杜，何處薦皇英？」耿耿此心，無處可表的沈痛悲慨盡在其中。而〈昌平道中〉末聯，藉流水以傳達亡國悲悽之音，更是嗚咽有聲，有如親聞。又如下列哀南明小朝廷滅亡的〈揚州感舊〉：

> 往日蕪城困，君臣總不知。頻飛丞相疏，不遣靖南師。薊北天崩後，江南穴鬥時。血書三四紙，讀罷淚如絲。

揚州爲南北漕運要衝，扼守著通往南京的門戶，是南明弘光朝廷與清軍抗衡的軍事重心。詩中的丞相是指史可法。南明弘光二年（1645），清軍圍攻揚州，史可法正督師揚州，他堅守孤城，嚴拒清軍的誘降，並一再以告急的奏章飛報回朝，切望朝廷派兵增援。豈知當時南朝內部發生權力內鬨，君臣均無暇他顧，遂坐令揚州淪陷，史可法壯烈殉國，清軍更下令屠城十日。慘絕人寰的殺戮，令詩人讀血書而淚下不已！此詩以對比手法造成情感的跌宕：「往日蕪城困，君臣總不知」，揚州城圍困已久，南明君臣卻「總」不知，此「不知」並非真不知，而是無心顧及、不予理會的不知。「頻飛丞相疏，不遣靖南師」，疏文頻飛，顯示情況的危急，而朝廷卻遲遲不派師援助。告急的一方，憂心如焚；朝廷這邊，毫無動作。一動一靜的對比，令人情緒隨之起伏緊張。崇禎帝「天崩」後，繼起的南明朝廷本應君臣團結一致，共扶顛覆；誰知大敵當前，內部君臣卻自我相殘，終於導致清軍屠城慘劇。「天崩」後緊接著「穴鬥」，一波未平一波又起，層層波瀾，無怪乎明祚不永！詩人對南明君臣的昏庸誤國並未明言責備，但只「血書三四紙，讀罷淚如絲」二句，血淚如絲，沈痛悲慨之情，溢於言表。

下面這首寫崇禎末年國變，崇禎帝倉促間殉難的〈西山口攢宮〉，亦充滿了深切的哀痛：

> 乾坤此變恨無窮，雨雪淒淒葬梓宮。血灑海棠中使見，神歸天穴貴妃同。眞孤倉卒人難託，微服艱難路不通。隧道有誰陳麥飯，年年杜宇哭春風。

詩中以「恨無窮」、「雨雪淒淒」、「血灑」、「人難託」、「路不通」、「哭春風」等強烈的字眼宣洩情緒，令人感到鬱極而憤，悲甚而怨。前三聯的敘事抒情之後，末聯轉以「隊道有誰陳麥飯，年年杜宇哭春風」作結，將原本順勢而下的沈痛心情隱於春風鵑啼之中，表面上敘事中斷，代之而起的是杜宇的悲啼聲隨春風四處散播，孤臣孽子的危苦心情亦因之而延續深化，慘悽感慨之氣更形鬱結。

強烈濃郁的故國之思，使得原本予人美感的花草樹木，到了翁山筆下也籠上盤鬱淒絕的色彩：

> 生作芙蓉即斷腸，蘼蕪可幸不曾香。青青青到天涯路，一片惟知惹夕陽。(〈蘼蕪〉)

一絲一縷已風流，半拂芳塘半畫樓。日夕含煙復含雨，不將春色散人愁。(〈柳〉)

春魂多少在蠶叢，化作山花躑躅紅。朵朵知含亡國恨，無情亦與子鵑同。(〈杜鵑花〉)

懷念故國的情思，彌久彌烈，恢復又毫無希望，因而翁山表現在作品中，就不能不是「亡國之音哀以思」，呈現盤結不散的沈鬱哀豔詩風了。

翁山詩類詩歌風格的呈現，實源於其眞情至性的本質，以及對時局深厚濃烈的憂憤。翁山詩在感情迸發上的激蕩沈鬱，在當時詩人中是頗爲突出的，誠如譚獻《復堂日記》所云：「翁山詩……噴薄處鬱鬱有至性。」對國家淪亡的憂憤，對人民苦難的無限同情，對清廷統治的憤懣不平，一再激盪著詩人的心靈，構成其作品中沈痛悲慨、盤鬱哀豔的詩歌風格的主要內涵。正是這種至情至性的噴發，方形成其作品沈痛悲慨、沈鬱哀豔的獨特風格。

二、沈雄勁健

何日愈《退庵詩話》云：「屈翁山番禺人，性任俠，有奇才。詩沈鬱豪邁，橫絕一時。」又云：「翁山負奇才，不見用於時，以布衣老，感慨悲歌，宜矣。然其氣韻沈雄，筆力矯健，固一世詩豪也。」這段話著重在說明翁山理想懷抱與其作品風格的關係。翁山早年即投入抗清的行動中，獨抱奇才而礙於局勢，想建立一翻轟轟烈烈、扭轉乾坤的功業卻無可奈何，因此詩歌時常透露著豪邁而悲壯的風格。氣韻沈雄，簡言之就是作品的氣度磅礴；筆力矯健，乃用字遣詞剛勁有力，內容精神上之堅強不息。勁健的筆力和思想融鑄成氣韻雄渾的詩歌風格，即司空圖所云：「喻彼行健，是謂存雄」(《詩品・勁健》、「積健爲雄」(《詩品・雄渾》)。以下這兩首短篇即是顯例：

戰酣箭已盡，自拔腦中矢。射殺一賊渠，馳歸氣未靡。(〈戰酣歌〉)

地下多吾友，皆爲殤鬼雄。夜來夢雪竇，長嘯戰場中。(〈夢〉)

短短二十字，而豪氣勃發，筆力馳驟，充滿了激動人心，使人振奮的氣概。而另一些長篇古詩，也具有這種風格：

> 我行逾萬里，徬徨思故鄉。黃鵠雖失所，不從燕雀翔。駕言登孤竹，東背望邊疆。驚沙如白雪，殺氣爲嚴霜。遊子一何微，落葉同飄揚。(〈孤竹吟〉)

> 浮雲無歸心，黃河無安流。神魚勝紫霧，蒼鷹擊高秋。類此雄豪士，滔滔事遠遊。(〈過大梁作〉)

以黃鵠、浮雲、神魚、黃河、蒼鷹比喻自己反清意志的剛健不息，直切有力，也很能表現心中那股蓄勢待發，不畏艱險的雄心壯志。又如這首〈綏德城下作〉：

> 白日何蕭條，邊聲吹枯桑。浮雲終不歸，隨風四飛揚。言登赫連臺，萬里望西羌。匈奴多種落，紛紛如白羊。白骨委蓬蒿，誰知是國殤。向夕聞蘆茄，淚沾鐵□襠。立髮而虎視，何當吞八荒。大刀搏長虹，長箭指天狼。月照戍樓中，不寐空徬徨。男兒有氣節，安得思故鄉！

詩寫邊塞景物，白日蕭條，邊聲茫茫，雲隨風飛，牛羊千里。一片蒼涼肅殺中眼見將士白骨零落，耳聞蘆笳慘淡，激起詩人高昂的鬥志。詩人立髮虎視，有氣吞八荒之概；更欲執大刀以搏長虹，挽長弓以射天狼，眞有「氣吞萬里如虎」之勢！這種雄奇的構思並非詩人的虛張聲勢，而是其內心靈感情意如萬斛泉源般的噴湧而至，誠如司空圖所言「大用外腓，實體內充」(《詩品·雄渾》)。而「月照戍樓中，不寐空徬徨」二句，語氣稍頓，徬徨是因壯志未酬呢？抑或久客思鄉？在一番猶豫之後，緊接著詩人馬上提起精神道：「男兒有氣節，安得思故鄉！」展現了一往無前的勇氣和生命力。肅殺的邊塞景色，遍地的將士白骨，悠悠胡笳聲，短暫的低迷後，詩人於千迴百轉之中唱出了充滿決心的高音，此也正是其詩歌勁健不息的風格，不輕易向惡劣的情勢低頭。詩人這種進取的精神，促成了全文氣勢的沈雄矯健。

下面的〈塞上曲〉、〈紫荊關道中送客〉寫景雄偉壯大，情感亦勁健有力：

> 太行天下脊，萬里翠微寒。日月相摩盪，龍蛇此郁盤。雲橫三晉暗，水落九河乾。亙古飛狐險，憑誰封一丸？（〈塞上曲〉）
>
> 紫荊雄據飛狐口，河繞長城去渺茫。萬里悲風隨出塞，三年明月照思鄉。平生亦抱昭君怨，白首猶尋結客場。愁絕春寒紛雨雪，送行難得酒盈觴。（〈紫荊關道中送客〉）

〈塞上曲〉寫太行山的挺拔高峻，用了許多雄偉的意象：首聯言太行山高聳綿延數千里，青翠掩映，彷彿是中國大地上的一條脊梁；它的峻偉，連日、月運行經過時，都會和它產生摩擦和震盪，「日月相摩盪」這層想像多麼恣肆雄奇！「雲橫三晉」、「水落九河」，是以形象來形容太行山控制著它周圍的廣大地區；雲一橫而三晉暗，黃河一落便有九條支流分別呼嘯，氣勢縱橫，莽莽蒼蒼。末聯言「亙古飛狐險，憑誰封一丸？」與前所描寫的外在雄渾形勢成爲強而有力的反比。太行山勢奇崛雄偉，掌控千里，卻連個能封一丸以衛疆士的人才也沒有！可謂豪中見悲，沈雄有力的反問。而〈紫荊關道中送客〉一首，「雄據飛狐口」的紫荊關，環繞長城的滾滾河水，如同詩人的壯志豪情，客觀景物與主觀情意相映成趣。而「萬里悲風」，「三年明月」，時空廣闊中蘊含著壯志未酬的感慨。「白首猶尋結客場」，表現出奮鬥不息的志意，然而鬢髮已白，猶在尋找志同道合之士，恐怕平生涕淚、壯志豪情，不免要盡消磨於結客場之中了！豪邁中見悲鬱之氣。

又如下列這首詠懷史跡以抒壯志的作品：

> 國士感知己，能將七尺輕。擊衣讎已報，吞炭氣難平。漳水西風急，刑臺落日晴。千秋石橋上，過客馬猶驚。（〈豫讓橋〉）

詩寫豫讓爲報知遇之恩而不惜一死的義氣。擊衣、吞炭，表現出刺客忍辱負重，復仇心切的激昂意志；風急、馬驚，字裡行間充滿哽咽不平的悲憤力量。尤其末聯「千秋石橋上，過客馬猶驚」，彷彿令人感受到豫讓橋上千秋不息的壯士浩氣。

陳融《顒園詩話》云：「竊謂翁山之詩，以氣骨勝。」（引自錢仲聯《青詩紀事》）又云：「翁山如燕、趙豪傑。」上述所舉的這類作品，氣韻沈雄，筆力勁健，具有如燕趙豪傑般慷慨激昂的鏗鏘氣骨，在藝術形象塑造上有雄偉奇崛的特點，讀之使人油然而起豪邁激情。不過翁山豪放激昂的詩風並不流於粗浮，他在〈關中王子詩集序〉中曾稱讚秦地（陝西）之人的詩云：「吾嘗謂秦人爲詩，……既不流於浮靡，亦不流於廉勁。一唱三歎，有風人溫厚之旨，無西鄙殺伐之聲。」可以說翁山在自己的創作中亦注意到了這點，使能豪放中見沈鬱，勁健而無殺伐之氣。

三、奇幻浪漫

翁山忠愛詩篇的主旨，雖是天地之間至大至剛的忠貞情懷，但除了前兩類沈痛悲慨、雄放直率的詩風外，翁山尚能以奇特變化的詩筆寫中正之情，呈現另一種奇幻浪漫的風格。翁山忠愛詩篇中，這種「奇」的風格的表現方式，一類是詩人以奇特的構思、高超的技巧，將極平凡的材料加以組合點化，營造出超乎尋常的詩境。沈德潛云：「詩有庸語，入屈翁山手便超。」（《清詩別裁・卷八》引繆天自語），指的就是這一類手法。如下面這首〈戴家二姬〉：

可憐雙美人，慷慨辭君掌。沈珠在井中，化爲明月上。

原詩有序云：「二姬者，廣州諸生戴王言之妾也。丙戌冬城陷，俱入井死。」戴家二姬於清軍攻陷廣州時，投井殉難，事跡已屬不凡；而詩人構思亦是一奇：美人投井，猶如沈珠井中，而井中沈珠又可升爲天上明月，皎潔清亮，光華四照。以明珠、明月形容女子，本來極爲尋常，但一經翁山這種不合邏輯的串連組合，即有無理而妙的奇特風格。原爲描寫女子慘痛殉難的事跡，也因此一奇妙的想像而浪漫化。又如本文第三章曾討論過的〈抱松婦操〉，因烈婦抱松不屈而死，詩人遂以烈婦化松的想像之筆歌詠其事，亦有頗有奇趣的例子。

另一類奇幻風格的呈現，是直接取材超現實的內容，以瑰瑋奇幻的虛無之詞，馳騁於想像空間。王煐《嶺南三大家詩選》序云：「翁山詩如萬壑奔濤，一瀉千里，放而不息，流而不竭，其中多藏蛟龍神怪，非若平湖淺水，止有魚蝦蟹鱉。」另陳田《明詩記事》引王猷定《四照堂集》云：「屈五賦質既超，選材亦別。餘子在人海和酬，處士獨拔地作空中語。」就是指翁山作品的取材奇幻，皭然出塵。本文第五章第四節論翁山詩「游仙以寓遐思」的表現藝術時，曾提及他乃是以此來寄託家國之情和平生的理想願望，其思想有極現實的意義，而風格則奇幻浪漫。張少康《中國古代文學創作論》云：「浪漫主義之『奇』，往往是和誇、誕、怪、幻等聯繫在一起的」，如下列的〈詠懷〉詩即是顯例：

> 出門操天弧，吾將射四方。豺狼日爭食，曠野無人行。民生各有樂，好修予爲常。桃李羞同華，日月思齊光。(之九)
>
> 乘雲何踟躕，山中難久居。營營雲九逝，長夜懷憂虞。披衣起鳴琴，宮商慘不舒。聽者非佳人，鴟鴞紛詈予。……俯仰淚沾膺，何時旋故都。(之十)
>
> 遙遙望故鄉，魂魄所從始。孤死必首丘，遠遊今安止。……有鳥自南來，丹翎紛不理。雄鴆雖巧言，苟合誠中恥。煢獨吾何言，臨流淚如水。(之十一)
>
> 仙人驂文螭，西遊閬風闕。神珠藏九淵，變化如日月。顧見世間人，聲色自沈沒。
>
> 仲尼居九夷，至道當誰悦。哀哉人命危，浮蝣傷掘閱。茲時方板蕩，匡濟需賢哲。列宿在草莽，紫薇光彷彿。天鍾運籌人，何時見功伐。

這些五言古體〈詠懷〉詩大都以超現實的事物抒發幽微深藏的懷抱。虛實掩映，寓忠貞之情於奇幻詭怪之中，所以陳田《明詩紀事》評說：「翁山五言詠古，突兀奇崛，多不經人道語。」。然其事極幻，其旨卻眞，如「日月思齊光」，日月齊光，意思就是「明」字，亦即希望光復明朝之意；而「列宿在草莽，紫薇光彷彿」，即「龍蛇四海無歸處」之意；由於現實生活中無法明言，只好把它寄託於浪漫主義的幻想之中，因而造成奇幻浪漫的風格。

四、微婉清新

翁山嘗言:「直以言不如微而婉以詩」(《文外》卷一〈清風集序〉)，其詩歌中寓有諷刺之意的作品，多以迂迴曲折的手法表現之，形成微婉含蓄的詩風。如第三章曾提到〈大都宮詞〉、〈民謠〉……等作品，或以比喻、或由側面表達出他對清廷的不滿。此外，他也善於運用粵歌短調「引物連類、委曲譬喻」〔註2〕的特點，委婉唱出心中堅貞的民族氣節或諷勸之意，如下列歌謠體的五言小詩：

> 種樹必琅玕，養陶須翡翠。君子結交心，兢兢畏非類。(〈後怨別曲〉)
>
> 藕荷在泥中，潔白只自知。花生兩葉後，節在不嫌遲。(〈芰荷曲〉)
>
> 君似洞庭波，風波常倏忽。賤妾學君山，隨流終不沒。(〈幽閨曲〉)
>
> 妾乃石楠花，名爲端正樹。爲君守歲寒，不忍辭霜露。(〈定情曲〉)
>
> 蕙草葉雖短，一莖開數花。感郎愛蕙草，不復理蘭芽。(〈蘭蕙曲〉之一)
>
> 爲蕙不爲蘭，是儂甘自賤。只恐花雖多，馨香有時變。(〈蘭蕙曲〉之三)

〈後怨別曲〉是以女子憂懼所遇非人的心情，以喻自己處境之艱險，在清廷耳目環伺之下，唯恐所交非類，遭人陷害。〈芰荷曲〉、〈幽閨曲〉、〈定情曲〉都以委曲譬喻的方式，表現自己堅貞高潔、不隨波逐流的節操。〈蘭蕙曲〉以蘭的孤芳和蕙的雜多對比，謂一般人大都愛蕙草之易開且花多，而不耐於等待「一莖只一花」(〈蘭蕙曲〉之二)

〔註2〕翁山《廣東新語・粵歌》云:「粵俗好歌，……其短調蹋歌者，不用絃索，往往引物連類，委曲譬喻，多如〈子夜〉、〈竹枝〉。」

的香蘭，以對比方式突顯自己不爲世人所認同，但仍堅持挺立的遺民氣節。這些歌謠篇幅短小，以引物譬喻的方法言志，風格清新，也充滿含蓄委婉的情味。

此外，翁山假借詠物、詠史、閨情、思美人等題材以寄託家國之情的詩篇，大都屬於此種含蓄委婉的風格，前文多已論及，此不重複。

由上所述，可以見出翁山善於把握各種題材，運用高度的藝術技巧，發於眞情至性，加上過人的才氣襟抱，以忠愛精神爲圓心，展現出變化多端的詩風。沈德潛《清詩別裁》謂翁山詩爲「大家逸品，兼善厥長」，雖是就他的全部詩歌來評論，此處借用來稱翁山忠愛詩篇的風格表現，也是適合的。

第二節　雄直而富於變化的風格形成

洪北江〈道中無事・偶作論詩絕句〉二十首之五，以清初嶺南三大家與江南詩人作比較說：

> 藥亭、獨漉許相參，吟苦時同佛一龕。尚得昔賢雄直氣，
> 嶺南猶似勝江南。(《洪北江詩文集》卷二)

因翁山於明亡時曾逃入空門，而且可能由於當時翁山的詩文尚未解禁，故洪氏於詩中只敢明言嶺南三大家之中的梁佩蘭（藥亭)、陳恭尹（獨漉）二人，而以「吟苦時同佛一龕」暗指翁山。洪北江特別指出嶺南三大家的作品得昔賢的「雄直」之氣，主要是指他們作品中強烈的民族精神和雄放直率的陽剛正氣，是勝於當時的江南詩人的。朱則杰《清詩史》認爲洪氏所謂的「江南」，是指清初江左三大家錢謙益、吳偉業、龔鼎孳。〔註3〕誠然，嶺南詩人和江南詩人之間成就的

〔註3〕洪北江此言「嶺南猶似勝江南」，朱則杰《清詩史》認爲「江南」是指當時江左三大家錢謙益、吳偉業、龔鼎孳，並言當時王隼編輯《嶺南三大家詩選》就隱然有與江左三大家抗衡之意；王英志《清人詩論研究・洪亮吉論詩管見》則認爲是「江南」是指袁枚、趙翼、蔣

高下，是不能單以愛國精神的強烈與否加以評斷的；而且平心而論，就個人的創作成就而言，錢謙益和吳偉業在詩壇的地位和影響力，亦高於嶺南三大家。若暫且不論嶺南和江南孰高孰下，洪北江確實標舉出嶺南詩歌風格的一大特色——雄直。明末清初嶺南詩人中頗多熱血男兒，如黎遂球、鄺露、陳邦彥、陳恭尹等，他們滿腔忠貞之氣彰揚正義，抗清復明，敢言敢爲。噴發爲詩，激昂慷慨，詩風顯得雄闊奔放。這種鮮明有骨幹的雄直色彩，在翁山作品中更有淋漓盡致的發揮，是成爲他忠愛詩篇的風格主幹。

然而，由本章上一節所述，可知翁山詩歌的雄直並不等於淺露粗獷，而是雄直中帶有清俊浪漫的色彩，細膩的情感。也可以說，雄直主要是忠貞情感的外放，而透過各種表現手法，也能使雄直和清新、浪漫等不同風格互相交融，成就不拘一格的整體詩風。這種現象，除了和藝術技巧的運用有關外，作者所處的地理環境、時代背景及其詩歌創作主張等方面，也都可能有錯綜複雜的影響，以下便試著由上述幾個角度，簡要的探討他雄直而又富於變化的風格之形成背景。

一、地理環境

（一）就自然環境而言

嶺南雖以大庾嶺與中原隔絕，但其地瀕一望無際的南海，洶湧翻騰的海濤，變幻莫測的風雲，蘊育出嶺南詩人開闊博大的胸襟和眼界，其作品往往也顯出雄偉奔放的氣勢，開天闢地的魄力。《翁山詩外》卷首的〈詠懷〉詩即云：「亭亭南澥雲，變化如遊龍。朝冠扶桑日，暮宿閶闔風。……」；嶺南三大家之中的陳恭尹，亦有「海水有門分上下，江山無地限華夷」（〈崖門謁三忠祠〉），梁佩蘭的樂府詩〈釣竿〉云：「駕言觀海，渾沌倏忽。上下四旁，天地盡失。洪濤吞吐，

士銓三家。就時間上來看，錢謙益、吳偉業、龔鼎孳三家詩人與嶺南三大家較相近，故此處採朱則杰《清詩史》之說。

日入月出」這類淋漓痛快的詩句。此外，佔地利之便，嶺南地區又是中外文化交流的窗口，容易爲外來新思潮所衝擊，成爲傳統思想與革新風氣衝突延盪之區。生長於此一環境之下的明末清初詩人們，一方面有著極傳統保守的民族精神，〔註4〕一方面又得風氣之先，易於接受創新改革的觀念。試觀中國近代史上的幾次革命皆源於廣東，即可見此一地區新思潮的活躍。同樣的，由於對改革觀念的接受性強，在詩歌創作上，嶺南詩人亦勇於嘗試，具有開拓創新的精神。氣勢雄偉、富於變化的大海所蘊孕出的廣闊襟懷；對民族氣節的堅持，和勇於求新求變的積極態度，爲嶺南詩人雄直而又多變的詩風提供了良好的地理背景。

再者，嶺南山水間，或呈現清麗峻峭的風貌，或靈秀出塵，予人仙氣騰騰的想像，這也間接影響詩人的創作。翁山許多以遊仙寄託忠貞情懷之作，就援引嶺南風物入詩，清新中帶有出塵之想。如這首〈羅浮對酒詩〉云：「裊裊飛猿下翠林，洞庭花密晝長陰。松風吹盡人間事，不使興亡上客心。」廣東羅浮山，相傳晉葛洪曾在此建沖虛觀，以爲煉丹、采藥之所，自來便與八家神仙的傳說有不解之緣。翁山這首〈羅浮對酒歌〉，彷彿令人看到一世外桃源，與世隔絕，人跡罕至。其實「不使興亡上客心」乃是故作超脫的反語，在清新淡泊的絕俗詩境中，蘊藏了深沈的憂鬱。雄直之氣與清新之風，融合無間。

（二）就人文背景而言

由於地形的阻隔，使嶺南文化減少了受中原文化薰陶感染的機會，這雖是一個缺憾，但正如云王士禎《池北偶談》所言：「正以闢處嶺海，不爲中原江左習氣薰染，故尚存古風耳。」，嶺南詩歌亦因

〔註 4〕南宋末和明末兩次的外族入侵，使中原遺臣、士大夫大量湧入嶺南避難，給嶺南人帶來了強烈的正統觀念和民族意識。而像翁山的先人本爲中原人士遷居嶺南者，其維護民族立場的忠愛之情更是根於天性，他堅持正統的意識更是其來有自。詳情可參見陳乃剛《嶺南文化》第三章〈中原移民與嶺南文化發展的關係〉。

此而得以保存古樸直率的風格，成爲有別於其他地區的特色。嚴明《清代廣東詩歌研究》認爲：廣東詩人多講究求實態度和尙直風氣，在特殊的歷史時代和環境條件下，「格高才盛的詩人往往從良心出發，講究詩歌內容的貼切實際，堅持寫出眞實的詩人之心，儘管因此獲罪招怨而毫不反悔，這就是古今人民都由衷推崇的詩人的『傲骨』。」又說：「廣東文人中這種講究實際的行爲特點，往往能引導出詩歌內容的現實針對性，以及詩人因事而發，緣情而歌的強烈情感色彩。在嶺南歷代的詩歌流派中，過於濃妝豔抹、偏尙華麗詞藻的詩風，始終未能佔據主導地位，就很能說明嶺南詩人和嶺南詩派的這一特點。」由於重視現實，關心時事，自然關心國家整體命運和前途，華麗濃豔的詩風自被擯棄於外，而突顯質實雄直之氣。特別是民族危難嚴重的時刻，嶺南地區時常成爲抗爭激烈的陣地。基於強烈的社會責任心，嶺南詩人們積極投身於拯救民族存亡的戰火中，並寫出一篇篇慷慨激昂、有哭有歌的雄直詩篇。如明末破產赴難、捐軀殉國的黎遂球，堅守廣州、英勇就義的鄺露，和翁山的老師陳邦彥等，他們的詩歌發自孤介忠心，表現出堅貞不屈、正氣凜然的精神，造成一股清新剛健的詩歌風潮，對翁山的詩歌創作主旨和風格趨向，產生深遠的影響。

二、時代背景

時代環境對作品風格的形成是有所作用的，《禮記‧樂記》云：「治世之音安以樂，其政和；亂世之音怨以怒，其政乖；亡國之音哀以思，其民困。」這段話雖然著重於從文學創作中看出時代的興衰，但從另一角度看，卻也點出了時代環境對文學作品風格的影響。明末清初社會空前的動盪，生活在當時血淚交迸、滿目瘡痍的局面之下，遺民詩人自覺的便把視線轉向躁動不安的社會現實，或表現對故國的哀思，或顯示不屈的民族氣節，或揭露清軍的屠掠暴行，或頌揚抗清的死難英雄，顯出一股正義忠貞的精神。另一方面，由於現實環境的急遽變動，詩人的取材內容亦豐富多變起來。瞬息萬變的時局，促使他們用全新的眼光和各自的藝術修養去感受、表現，形成一片崢嶸多姿的氣象。如此一來，明清之際的詩人便有可能由明七子的復古主張、公安派和竟陵派的偏狹末流中掙脫出來，以創新求眞的態度，去尋找與現實題材相應的創作道路。在如此的時代背景驅使感染之下，便不難理解翁山詩歌風格的雄直而又多變的特質了。

三、行事爲人

翁山自少年時期即遭鼎革之變，其父親授詩書，並告以出處大節，嚴守夷夏之防；及長，又受其師長人格的薰陶教化，慨然有拯世濟物之志。無奈清廷威勢已成，無力迴天，遂隱跡改行奔走各地，忽而爲僧，忽而爲道，忽而還俗，忽而爲狂。形蹤奇詭，倜儻不羈。然此皆心有抑鬱，憤激憂思所致，誠如林昌彝所云：「萍梗飄零亂世身，悲歌散髮又靈均。」（《海天琴思續錄》）朱彝尊亦云：「此皆合乎三閭之志也。」（〈九歌草堂詩集序〉）空有滿腔熱忱而無法施展，內心的怨抑激楚化爲外在奇特的行事，所以沈德潛說他「天份卓絕，而又奔走塞垣，交結宇內奇士，故發而爲詩，隨所感觸，自有不可一世之概，欲覓一磊落怪偉之人對之，藝林諸人，竟罕其匹。」（《清詩別裁集》），「磊落而怪偉」，正是他獨樹一格的志意行事。而他外在行事之奇特怪偉，又與其情感的濃郁熱烈有密切關係，翁山曾說自己：「平生情太過」（〈哭亡兒明道〉），又說：「于嘗爲詩哭華姜（翁山妻），世之詞人見之，鮮不流涕。……。予之哭華姜，聲有止而哀無終，貽世所譏，卒於無可奈何。」（〈哀陳恭人詩序〉）由翁山哭其亡妻之悲不自勝而終不免爲世所笑，亦可見其性情之眞摯強烈。發而爲詩，自有直率而不失深至之風。

四、歌詩創作主張

（一）變而不失其正

翁山少從陳邦彥學《周易》，及長後，爲文每以《易》義加以潤色闡發，並著《翁山易外》七十一卷以發其旨，可見其好易學之一斑。他論詩亦多借《易》道以言之，因《易》以變化爲道，其〈粵游雜詠序〉一文云：

> 予嘗謂不喜《易》者，不能善詩。《易》以變化爲道，詩亦然。故曰：知變化之道者，其知神之所爲乎？（《文外》卷二）

《易》，唐孔穎達《正義》有云：「夫易者，變化之總名，改換之殊稱。」可見《易》道以變化爲宗。翁山論詩借重易道，強調變化，強調神行，擅長用虛筆從事詩歌創作，使作品「氣既流蕩，筆復老成，不拘一格，時出變化。」（朱庭珍《筱園詩話》）呈現多樣的風貌。易有所謂「三義」，曰簡易、變易、不易。「變易」乃是爲了維持「不易」；變化之極，乃在維持其恆久。詩用以表情言志，表達的方法雖可變化無窮，但所要表達的「性情之正、志節之貞」，卻是恆久不變的。翁山強調詩法之變化，目的也在於維持恆久堅貞的家國之情。不變，不足以繼軌前哲，而開啓來者。故其〈書淮海詩後〉一文曰：「爲學莫貴於善變，變而不失其正，其變始可觀。易道尚變，詩亦然。」既強調方法的變化，又重視詩歌本質中堅貞中正的情感，二者融合應於實際創作之中，即形成其雄直而又不拘一格的藝術面貌。

（二）麗而不越其則

翁山論詩亦重視語言的清麗，他在〈無題百詠序〉中云：

> 詩以麗爲貴。揚子雄云：「詩人之賦麗以則」，……人之文莫麗於文章，詩尤麗之易見者也。……三篇之鳥獸草木，與夫白雲皎月、美人彼姝、錦衾玉佩之屬，皆聖人之所謂麗也。（《文外》卷二）

文學的創作，總不外自然之描摹，人事之感喟；而天下之事，無飾不行，故孔子《論語》有言：「言之不文，行而不遠。」詩乃言志之作，應加之文彩，假乎藻繪，方能情辭並茂，流布久遠。所以翁山認爲「詩尤麗之易見者也」，即是此意。然詩不止文辭尚麗，且要「麗以則」，其〈無題百詠序〉又云：

> 發乎情而止乎禮者，其則也。……合乎則而後能變化不失其正，斯則麗之至者哉！……麗而不越乎其則，所言不過男女，而忠臣愛國之思溢乎篇外。

所謂「麗以則」，就是要以禮義爲則，以禮義爲節。詩文修辭，欲其行之久遠，雖尚典麗，但要有中正和平的情志爲之貞定，以免華靡而失實，過分奢誇巧飾，即「修亂立其誠」之意。例如「所言不過男女，而忠臣愛國之思溢乎篇外」，就是麗而不越乎其則最好的例子。換言之，即文字不妨清麗，情感儘可悱惻，但主旨要不失忠臣愛國的禮義範疇。所以，翁山〈張桐君詩集序〉論詩與禮的關係又云：「不以禮爲繩，故其詩不能直。不以禮爲衡，故其詩不能平；不以禮爲規矩，故其詩不能方圓也」（《翁山佚文輯》），「禮」就是詩歌變化的最高準繩。這種創作觀點，對翁山詩歌雄直而清新的風格的形成，顯然是有相當程度影響的。

（三）尚風雅、重比興

翁山認爲詩歌應求風雅相兼，他在〈書淮海書後〉曰：「今夫詩以風雅相兼爲貴，然與其風而不雅，毋寧雅而不風。」風者，諷也；雅者，正也。欲使詩歌具有諷諭的效果又不失中正和平的主旨，就須善用比興技巧，他的〈清風集序〉也說：「古之作詩以贈其友者，多以風寓於雅之中。風者，所以諷也。蓋直以言，不如微而婉以詩，其入人也深。」求雅，重比興，就有可能不讓詩歌流於粗鄙、淺露。

以上所述，是除了學詩淵源、藝術表現手法之外，影響翁山詩歌風格形成的幾項較大的因素。雄直的詩風，是翁山忠愛詩篇的主要風格。但是，他所生長的嶺南地理環境、時代風氣、個人的行事性情、詩歌創作的觀點，藝術技巧等，都使其詩篇於雄直之中，兼與清新、浪漫、奇崛、細膩等風格不同程度的結合交融，蔚爲奇情壯采、豐美多姿的局面。他不但將嶺南詩歌雄放直率的質實古風發揚光大，也開出他個人詩歌風格成就。

第七章　結　論

關於屈翁山「忠愛」詩篇的研究，綜合各章要義，歸納出以下結論：

一、和當時許多由明入清的詩人如錢謙益（1582～1664）、吳偉業（1609～1672）、顧炎武（1613～1682）、王夫之（1619～1692）等相較，翁山在明朝度過的時間並不長。他十五歲時明思宗就已殉國，十九歲時謁南明桂王，又在桂王將要任以官職之際因父病返家，可以說他根本未曾在明朝爲仕。但他卻是清初遺民中年輩最晚、抗清態度最堅決的一個。生爲明朝子民，是翁山無所逃於天地之間的身世；而入清之後拒與清廷合作，守節貧困以終，則是出於嚴夷夏之防，堅持民族立場的勇敢抉擇。是這份內在生命志意的一貫，使他這一生爲存大節而奮鬥不懈，成就了他鬱鬱有至性的忠愛詩篇。

二、明遺民詩人的詩歌大都有一共同而深刻的主題——抒寫亡國之痛，將他們親歷故國淪喪、中原板盪及身世榮辱的巨大變故，以詩歌宣洩記載，其內容或哀故國舊君，或記人民困苦，或抒發個人憤懣，所重不一，而各有特色。如吳偉業的作品中以敘事詩最爲突出，明清易代之際許多重大事件、人物，在他的詩歌大都有所反映，創造了頗具特色的梅村體；吳嘉紀則側重以白描手法敘寫清廷的殘暴，民生困苦；清初大儒顧炎武，則以表現民族氣節爲詩歌主要精神。翁山忠愛詩篇中，雖亦不乏反映現實社會、民生疾苦的詩篇，但最主要的仍是表現民族氣節、抒發故國之情、反清仕志之作。他不但以詩歌展現堅貞不二的氣節，拒不降清的決心，當其友人面對仕清的誘惑時，更時以詩文婉諷之；除了消極的反對投降，更積極的堅持反抗。他甚至一度對恢復明朝存有堅定的信念。凡此種種，皆與顧炎武頗有相似之處。而和錢謙益、吳偉業、朱彝尊等曾仕清的詩人比較起來，翁山詩歌那股臨危不變、持節不改的忠愛之氣，更是其特色所在。

三、翁山抱著「慷慨干戈裡，文章任殺身」(〈春山草堂感懷〉)以詩存史的信念，於實際創作中表現爲兩方面：一類是「討賊託詞人」。將清廷殘暴黑暗的征伐統治，以春秋之筆於詩歌中進行口誅筆伐；或藉歌詠清初殉難節烈以暴露清軍之過。或出之以辛辣曲折的諷刺；或直敘清廷的荒淫事聞，或描寫普遍的民不聊生之苦。俾使明清之際這段血淚滄桑的史實，不因清廷刻意的粉飾聞過而埋沒，無法昭之來世。另一類則是明末滅亡史事的有感而發，翁山睠懷故懷、睹物感舊憑弔之作如〈燕京述哀〉、〈秣陵春望有作〉、〈雲州秋望〉、〈御琴歌〉、〈揚州感舊〉……等，除了於情感上抒發沈痛的亡國之思外，其中往往也以理性批判了明末敗亡史事。由這些作品中可發現翁山對崇禎帝、弘光帝的亡國，不無微詞。但和諷刺清廷之作比較起來，翁山對故朝舊君的批評顯然是委婉含蓄多了。因爲一爲正統，是翁山來不及參與且終身睠懷的目標。批評的出發點，乃是恨鐵不成鋼的憾恨與惋惜；一爲異族，翁山終身生活在其統治之下，是親睹其殘暴而亟欲推翻的對象。由此可知，翁山對明朝的耿耿忠愛並非出於偏執的民族立場，他並不因敵視清廷而諱言明末的腐敗。身爲一個有心爲亂世留下見證的詩人，翁山的忠愛詩篇可說有重要的價値的。

四、由於以《易》以《書》以《春秋》爲詩內，以詩爲詩外的創作主旨，翁山的忠愛詩篇，不但力求內容思想上的深刻性，也重視詩歌之所以爲詩的情感性、藝術性。其作品題材萬端，內涵旨趣充實而深廣，情感則深摯而沈鬱。描寫睹物感舊的故國之思，幾乎無處不勾起亡國之痛；抒發反清壯志之作，時而慷慨時而悲涼，有激昂奮進的鬥志，也有失路英雄無處著力的茫然；至中晚年之後清廷勢力已然鞏固，詩人沈潛德的憂愁幽憤更形表面化，不免有怨而近怒，哀而至傷之詞；詠史以託家國之情，以藉由評論史事曲折迂迴的表現心聲，使其詠史詩之作時而翻山前人的意想而自出新義。凡此皆由於詩人坎坷侘傺的身世遭遇，特殊的才性胸襟，使其深感厚蓄於中以詩言志抒情，一經噴發即如萬壑奔濤，放而不止。歌哭思懷，呈現強烈的「詩中有人」的主觀風格。

五、《翁山詩外》裡的作品約有六千多題，而抒發故國之思的忠愛詩篇幾乎佔了絕大多數。然而，讀之卻不予人板滯重覆之感。而且，當他於詩歌中議論時局，有所怨刺時，從不流於嬉笑怒罵，叫囂放肆；抒發亡國感歎時，亦不流於粗獷直露，或纖弱飲泣。這是由於翁山運用藝術技巧的靈活巧妙，豐富多變。前文曾提到，翁山不僅注意詩歌的思想內容，也重視詩之所以爲詩的含蓄婉轉的藝術特性。他善於以各式各樣的譬喻表達心中的愛憎好惡，形象鮮明飛躍；借外在的客觀事物寫主觀情思，使景因情的點染變化而生動，情融於景中而情愈深。由於詩人情緒波動很大，所以爲詩人主觀情意所融化了各種形象，大都帶有強烈的個人色彩。又運用《離騷》以來詠物香草美人游仙的比興寄託方式，表達其對民族節義的堅持，對理想願望的熱切追求和求之不得的幽微心情。要之，翁山所運用的藝術技巧，大都不脫隱喻的範圍。此固然和古典詩歌講求含蓄不露、言外之意的傳統要求有有關，也由於政治環境的關係，係翁山不得不將滿腔忠貞之氣以迂迴深致的手法出之。如此一來，不但使忠愛的旨趣藉由各種藝術手法、各種角度發揮得更淋漓盡致，也使歌詩在思想情意與藝術技巧的相依相成之下。呈現高度藝術成就。

六、翁山的忠愛詩篇，題材廣博，數量既多，表現手法復豐富善巧，風格亦呈多多樣化；以雄直詩風爲主，而兼具有沈痛悲慨、筆力勁健、奇幻浪漫、微婉清新等各種風俗，呈現出不拘一格的大家風采。

雄直勁健的詩風，是嶺南詩歌的一大特色，而翁山作品除了受嶺南傳統詩歌風格的響外，又能開出獨特的面貌，尤其是他以奇幻浪漫的創作手法寫堅貞中正的家國之情，在清初詩壇及嶺南詩歌都顯得想當突出。龔自珍《定盦全集》集中有〈夜讀番禺集書其尾〉二絕句云：「靈均出高陽，萬古兩苗裔。鬱鬱文詞宗，芳馨聞上帝。」「奇士不可殺，殺之成天神。奇文不可讀，讀之傷天民。」朱則杰《清詩史》謂：「詩題所謂番禺集，即暗指翁山的著作，這是因爲當時翁山的著作還在清廷禁書之列。」龔自珍不避時忌，偷偷讀之，對翁山作品獨特的風格極爲推服。他以一「奇」字概括翁山其人其詩，並認同翁山的作品堪稱屈原後裔，可說對翁山詩歌既充滿強烈愛國精神，又富於濃郁的浪漫調有充份的認識，而這也是龔自珍實際體現於他自己作品中的風格。張其淦《明代千遺民詩詠》詠翁山曰：「屈氏三閭裔，三閭遺古香。既築祖香園，亦祀騷聖堂。先生所爲詩，蘭芷播芬芳。蒼桑萬種恨，併入錦繡腸。」亦爲相似的評論。翁山詩歌承繼了屈騷精神，在清初詩壇樹立了雄直清新且浪漫健美的特色，也給後來的詩人如龔自珍等人極深的影響。

附錄：屈翁山年譜簡編

本譜是根據汪宗衍先生的《屈翁山先生年譜》加以簡化改編而來。汪先生所作的年譜，乃是將翁山的生平結合了當時時事及其詩詞文章的繫年，內容精審而詳細；而此處的年譜簡編則是以詩歌創作爲重點，主要是將前面正文中所引用到且創作時間明確的作品加以繫年，以供對照參考

明崇禎三年（1630），一歲

翁山誕生於廣東南海西場。

明崇禎十二年（1639），十歲

翁山少時讀書過目成誦，每夜必就母紡績燈下讀新書三十篇，晨起再父前背誦，不遺一字。

明崇禎十六年（1643），十四歲

是年能文。

明崇禎十七年，清順治元年（1644），十五歲

李自成陷北京，崇禎帝自縊，吳三桂乞師清兵入關，清世祖定鼎北京，南明福王即位南京。

明弘光元年，清順治二年（1645），十六歲

天然和尚見翁山姿性奇異，令其師從陳邦彥先生讀書於粵秀山，

治《周易》、《毛詩》，識同學陳恭尹（即陳邦彥之子）。

明隆武元年，清順治三年（1646），十七歲

廣州城陷，翁山父親澹足公勉翁山潔身以存大倫。是年八月，隆武帝被害，桂王即位於肇慶。

明永曆元年，清順治四年（1647），十八歲

翁山業師陳邦彥與陳子壯、張家玉三人於廣州附近起兵，翁山從邦彥隨軍。謀洩兵敗，邦彥、子壯、家玉俱先後成仁。

明永曆二年，清順治五年（1648），十九歲

是年廣州大饑，翁山有〈秋夜恭懷翁業師兵部尚書野翁山並寄世兄恭尹〉、〈菜人哀〉

明永曆三年，清順治六年（1649），二十歲

奉澹足公命赴肇慶行在，上中興六大典書，桂王將官以中秘，會澹足公病危，乃歸。此後常懷永曆錢一枚，以示不忘君父。

明永曆四年，清順治七年（1650），二十一歲

禮天然和尚於海雲寺爲僧，法名今種，字一靈，而名所居曰「死庵」，作〈死庵銘〉。

明永曆十一年，清順治十四年（1657），二十八歲

居住於東莞墓村，時朱彝尊至東莞，翁山作〈篁村逢朱十〉詩。是年秋翁山北上遠遊，友人張穆畫馬贈別，翁山作〈張二丈畫馬送予出塞詩以贈之〉。

明永曆十二年，清順治十五年（1658），二十九歲

是年春至京師，求威宗烈皇帝死社稷所在。後走濟南，觀李氏家藏翔鳳御琴。又出東出榆關，周覽遼東名勝，弔袁崇煥督師廢壘而還。是年有詩：〈孤竹吟〉、〈過大梁作〉、〈過涿州作〉、〈燕市篇〉、〈出永平作〉、〈出塞作〉、〈擬渡三岔河有寄〉、〈烈皇帝御琴歌〉、〈燕京述哀〉、〈眞定道中〉、〈豫讓橋〉、〈魯連臺〉、〈弔袁督師〉。

明永曆十三年，清順治十六年（1659），三十歲

鄭成功以舟師攻破瓜州、鎮江，直抵金陵，後不幸兵敗。時翁山在南京，與友人魏耕一同參與此次通海之謀。有詩：〈鍾山〉、〈過吳不官草堂賦〉。

明永曆十四年，清順治十六年（1660），三十一歲

抵山陰，寄祁氏寓園讀書，五個月足不下樓。有詩：〈春日懷白華園作〉、〈白門秋望〉。

明永曆十五年，清順治十七年（1661），三十二歲

春，客會稽，後避地桐廬，遊東西釣臺。秋，南歸番禺。是年永曆帝在緬甸被執。有詩：〈送朱十〉、〈別王二丈予安〉。

明永曆十六年，清康熙元年（1662），三十二歲

至桐江富春江之麓拜謝翺墓。友人魏耕殉難，翁山南歸省母，遷居沙亭，蓄髮髻，由僧返儒。是年永曆帝殉難。有詩：〈有所思〉、〈謁謝皋羽墓〉。

清康熙四年（1665），三十六歲

春，第二次遠遊，於是年冬相偕友人杜蒼舒入陝西。有詩：〈同杜子入秦初發滁陽作〉、〈登潼關懷遠樓〉；詞：〈念奴嬌・潼關感舊〉。

清康熙五年（1666），三十七歲

翁山於西北晤張公耀之子，由其口中得貴州布政使張公耀爲國守節殉難死事的本末，載入《皇明四朝成仁錄》。同時結識了李因篤、顧炎武、傅青主等人。有詩：〈布政張公輓歌〉、〈答天山〉、〈雁門〉、〈答李孔德〉、〈送顧寧人〉、〈杜曲謁杜子美翁山祠〉、〈和劉六茹登華〉。

清康熙六年（1667），三十八歲

有詩：〈紫荊關〉、〈別錫鬯〉、〈紫荊關道中〉、〈重過易水〉。

清康熙七年（1668），三十九歲

停留代州。

翁山三十七歲至三十九歲在西北一帶所作的詩（不確定年份者）如下：〈朝發大同作〉、〈客雁門作〉、〈昌平道中〉、〈銀錢山〉、〈雲州秋望〉、〈沙河悵望〉、〈天壽山〉、〈西山口攢宮〉、〈望雲州〉、〈居庸〉、〈綏德城下作〉、〈大同感歎〉、〈邊詞〉、〈邊夜〉、〈塞上曲〉、〈塞上感懷〉、〈題雁門關城樓〉。

清康熙九年（1670），四十一歲

有詩：〈哀內子華姜〉、〈春山草堂感懷〉。

清康熙十一年（1672），四十三歲

遊高、雷、廉諸郡，值高州水災，人民流離失所。有詩：〈高州大水作〉、〈雷女織葛歌〉。

清康熙十二年（1673），四十四歲

冬自粵北入湘從吳三桂軍。有詩：〈度臘嶺〉。

清康熙十三年（1674），四十五歲

從軍於湖廣，與吳三桂言兵事，旋以廣西按察司副使，監督安遠大將軍孫延齡的軍隊於桂林。有詩：〈從軍行〉、〈廣騎田嶺〉、〈望回雁峰〉。

清康熙十四年（1675），四十六歲

監軍於桂林，有詩〈松上蘭〉、〈昭江夜行作〉、〈軍夜〉。

清康熙十五年（1676），四十七歲

與吳三桂志趣不合而辭桂林監軍，反廣東番禺沙亭。

清康熙十八年（1679），五十歲

攜家避地南京，於南京雨花臺旁自作一衣冠塚。有詩〈五十〉、〈有懷富平李孔德〉、〈晴川閣〉。

清康熙十九年（1680），五十一歲

遊南京、安徽等地，是年秋度嶺反粵。有詩〈讀李耕客龔天石新詞作〉、〈貧居作〉、〈采石題太白祠〉、〈馳驅〉、〈度嶺贈閨人〉、〈韶陽舟中作〉、〈讀史答陶苦子〉、〈送藍山還閩〉。

清康熙二十一年（1682），五十三歲

友人顧炎武卒。是年三藩之亂平。有詩：〈壬戌清明作〉、〈壬戌人日作〉、〈哭顧寧人徵君炎武〉。

清康熙二十二年（1683），五十四歲

鄭克塽以臺灣降清。有詩〈感事〉。

清康熙二十四年（1685），五十六歲

有詩：〈乙丑元日作〉。

清康熙二十五年（1686），五十七歲

有詩：〈丙寅元日作〉。

清康熙二十六年（1687），五十八歲

編纂《廣東文選》成。有詩：〈望羅浮〉、〈贈龐祖如〉。

清康熙二十七年（1688），五十九歲

刻《翁山易外》成。有詩：〈戊辰元日作〉、〈新年〉、〈一春〉、〈五十九歲生日作〉、〈老至〉、〈不仕〉、〈冬日作〉。

清康熙二十八年（1689），六十歲

有詩：〈鎮海樓〉、〈不眠〉、〈十口〉、〈己巳元日作〉、〈寄富平李孔德〉、〈哭顧亭林處士〉。

清康熙二十九年（1690），六十一歲

有詩：〈羅浮對雪歌〉、〈立春作〉、〈庚午元日作〉。

清康熙三十一年（1692），六十三歲

王隼撰次翁山與梁佩蘭、陳恭尹詩，成《嶺南三大家詩選》二十四卷。

清康熙三十二年（1693），六十四歲

朱彝尊奉使至粵，偕翁山同遊廣州名勝，是年翁山母黃太夫人卒。有詩:〈送朱上舍〉、〈癸酉人日作〉、〈送朱竹垞〉、〈屢得朋友書札感賦〉。

清康熙三十三年(1694),六十五歲

有詩:〈少穀〉、〈溝壑行〉、〈春感〉、〈春草〉、〈雨夜作〉、〈苦雨〉。

清康熙三十四年(1695),六十六歲

手定《翁山文鈔》十卷付梓,營生壙於澹足公墓下,命兒孫書其墓碣曰:「明之遺民」。有詩:〈贈佟聲遠〉、〈病起〉、〈暮村山行〉、〈乙亥山日病作〉。

清康熙三十五年(1669),六十七歲

病卒。有詩:〈臨危詩〉、〈病起作〉、〈弱年〉、〈蟬〉、〈病中柬元孝〉。

引用及參考書目

甲、專　著

一、屈翁山著作

1. 《屈翁山詩集》，（清）徐肇元選輯，清康熙年間刊本（中研院史語所藏）。
2. 《翁山詩外》，上海國學扶輪社排印本，清宣統二年（1910）（中研院史語所藏）。
3. 《翁山文外》，上海國學扶輪社排印本，清宣統二年（1910）（中研院史語所藏）。
4. 《翁山文鈔》，（民國）徐信符輯，台北：文海，民國60年。
5. 《廣東新語》，台北：文海，民國67年。
6. 《皇明四朝成仁錄》，（民國）葉恭綽校訂，台北：鼎文，民國67年。

二、明清詩選集

1. 《嶺南三大家詩選》，（清）王隼輯，清同治七年刊本（台大研圖藏）。
2. 《清詩匯》，（清）徐世昌編，台北：世界，民國52年再版。
3. 《明詩綜》，（清）朱彝尊，台北：世界，民國59年。
4. 《明詩紀事》，（清）陳田編，台北：中華，民國60年。
5. 《明末四百家遺民詩》，（清）卓爾堪編，台北：文海，民國60年。
6. 《嶺南三家詩選注》，劉斯奮、周錫䪖選註，廣州：廣東人民，1980年。

7. 《清詩別裁集》,（清）沈德潛，上海：上海古籍，1981 年。
8. 《明代千遺民詩詠》,（清）張其淦，台北：明文，民國 74 年。
9. 《清詩紀事初編》，鄧之誠編，台北：明文，民國 74 年。
10. 《嶺南歷代詩選》，陳永正，廣州：廣東人民，1985 年。
11. 《清詩三百首》，錢仲聯選、錢學增注，長沙：岳麓書社，1985 年。
12. 《清詩紀事》，錢仲聯，蘇州：江蘇古籍，1987 年。
13. 《元明清詩選注》，陳友琴，北京：北京，1988 年。
14. 《明詩選》，袁行雲、高尚賢選注，北京：春秋，1988 年。
15. 《明詩選注》，黃瑞雲選，徐柏青、石麟、姜典來注，鄭州：中州古籍，1990 年。
16. 《清絕句五十家綴英》，王英志註評，太原：山西人民，1991 年。

三、史地類

1. 《顧寧人學譜》，謝國禎，台北：商務，民國 55 年。
2. 《明史紀事本末》,（清）谷應泰，台北：三民，民國 58 年。
3. 《清代文字獄檔》，王有立編，台北：華文，民國 58 年。
4. 《明史》,（清）張廷玉，台北：中華，民國 60 年。
5. 《顧亭林先生年譜》，張穆，台北：廣文，民國 60 年。
6. 《廣東文物叢談》，汪宗衍，香港：中華，1974 年。
7. 《新校本史記三家注幷附編二種》，楊家駱主編，台北：鼎文，民國 68 年。
8. 《杜少陵先生評傳》，朱偰，台北：東昇，民國 69 年。
9. 《清史稿》，趙爾巽等撰，台北：洪氏，民國 70 年。
10. 《國朝耆獻類徵初編》，李桓，台北：明文，民國 74 年。
11. 《碑傳集補》，閔爾昌，台北：明文，民國 74 年。
12. 《清朝先正事略》，李元度，台北：明文，民國 74 年。
13. 《國朝詩人徵略初編》，張維屏，台北：明文，民國 74 年。
14. 《國朝詩人徵略續編》，張維屏，台北：明文，民國 74 年。
15. 《勝朝粤東遺民錄》，九龍眞逸輯，台北：明文，民國 74 年。
16. 《文獻徵存錄》，錢林，台北：明文，民國 74 年。
17. 《小腆紀傳》,（清）徐鼒，台北：明文，民國 74 年。
18. 《清代通史》，蕭一山，北京：中華，1986 年。

19. 《明末廣東抗清詩人評傳》，黃海章，廣州：廣東人民，1987 年。
20. 《清史列傳》，（清）國史館原編、黃鍾翰點校，北京：中華，1989 年。
21. 《清代名人傳略》，（美）恒慕義編，西寧：青海人民，1990 年。
22. 《國史大綱》，錢穆，台北：商務，民國 80 年十八版。

四、詩話、詩史類

1. 《廣東詩話正續編》，屈向邦，香港：龍門書店，1968 年再版。
2. 《雪橋詩話續集》，楊鍾義輯，台北：文海，民國 60 年。
3. 《雪橋詩話三集》，楊鍾義輯，台北：文海，民國 60 年。
4. 《滄浪詩話校釋》，郭紹虞，台北：里仁，民國 72 年。
5. 《歷代詩話》，（清）何文煥編，台北：漢京，民國 72 年。
6. 《元明詩概說》，（日）吉川幸次郎著、鄭清茂譯，台北：幼獅，民國 75 年。
7. 《中國詩歌流變史》，李曰剛，台北：文津，民國 76 年。
8. 《射鷹樓詩話》，（清）林昌彝，上海：上海古籍，1988 年。
9. 《中國詩話史》，蔡鎮楚，長沙：湖南文藝，1988 年。
10. 《清詩的春夏》，周黎庵，台北：漢欣文化，1990 年。
11. 《清代廣東詩歌研究》，嚴明，台北：文津，民國 80 年。
12. 《中國近代詩歌史》，馬亞中，台北：學生，民國 81 年。
13. 《清詩史》，朱則杰，蘇州：江蘇古籍，1992 年。
14. 《清初詩歌》，趙永紀，北京：光明日報，1993 年。

五、文學史和文學理論類

1. 《文鏡秘府論》，（唐）遍照金剛，台北：學海，民國 63 年。
2. 《司空圖詩品注釋及釋文》，祖保泉，台北：新文豐，民國 69 年。
3. 《唐代詩論中風格論之研究》，黃美玲，台北：文史哲，民國 71 年。
4. 《憂國淑世與寫實創新》，章益新，台北：時報文化，民國 71 年。
5. 《詩境淺說》，俞陛雲，台北：開明，民國 71 年三版。
6. 《詩言志辨》，朱自清，台北：開明，民國 71 年四版。
7. 《古詩十九首探索》，馬茂元，高雄：復文，國民 73 年。
8. 《中國文學史》，葉慶炳，台北：學生，民國 73 年。
9. 《悲劇心理學》，朱光潛，台北：蒲公英，民國 73 年。
10. 《文學概論》，王夢鷗，台北：藝文，民國 73 年三版。

11. 《中國文學史初稿》，王忠林、應裕康，台北：福記，民國 74 年。
12. 《中國詩歌研究》，羅宗濤等，台北：中央文物供社，民國 74 年。
13. 《文心雕龍論叢》，蔣祖怡，上海：上海古籍，1985 年。
14. 《清代詩學初探》，吳宏一，台北：學生，民國 75 年。
15. 《中國文學發展史》，劉大杰，台北：華正，民國 75 年。
16. 《比興物色與情景交融》，蔡英俊，台北：大安，民國 75 年。
17. 《文學理論與比較文學》，鄭樹森，台北：時報文化，民國 75 年。
18. 《陳寅恪晚年詩文釋證》，余英時，台北：時報文化，民國 75 年二版。
19. 《字句鍛鍊法》，黃永武，台北：洪範，民國 75 年五版。
20. 《清人詩論研究》，王英志，蘇州，江蘇古籍，1986 年。
21. 《詩文鑑賞方法二十講》，佚名，台北：木鐸，民國 76 年。
22. 《中國文學理論史上古篇》，王金凌，台北：華正，民國 76 年。
23. 《中國古代文藝美學範疇》，曾祖蔭，台北：文津，民國 76 年。
24. 《中國詩學鑑賞篇》，黃永武，台北：巨流，民國 76 年。
25. 《中國詩學設計篇》，黃永武，台北：巨流，民國 76 年。
26. 《西方美學導論》，劉昌元，台北：聯經，民國 76 年。
27. 《讀書指導》（含讀詩常識、讀詞常識、讀曲常識），佚名，台北：木鐸，民國 76 年。
28. 《迦陵論詞叢稿》，葉嘉瑩，台北：明文，民國 76 年三版。
29. 《中國文學理論史六朝篇》，王金凌，台北：華正，民國 77 年。
30. 《政府遷臺以來文學研究理論及方法之探索》，李正治編，台北：學生，民國 77 年。
31. 《比喻大觀》，張致均，廣州：廣東人民，1988 年。
32. 《清代文學評論史》，（日）青木正兒著、楊鐵嬰譯，北京：中華社會科學，1988 年。
33. 《古典文藝美學論稿》，張少康，台北：淑馨，民國 78 年。
34. 《中國詩歌藝術研究》，袁行霈，台北：五南，民國 78 年。
35. 《當代文學理論》，特理．伊格頓著、鍾嘉文譯，台北：南方，民國 78 年。
36. 《唐宋詞十七講》，葉嘉瑩，長沙：岳麓書社，1989 年。
37. 《中國文學的對句藝術》，（日）古田敬一著、李淼譯，長春：吉林文史，1989 年。

38. 《清代詞學四論》，吳宏一，台北：學生，民國 79 年。
39. 《詩論》，朱光潛，台北：國文天地，民國 79 年。
40. 《南宋詩人論》，胡明，台北：學生，民國 79 年。
41. 《中國文學批評的理論與實踐》，張雙英，台北：國文天地，民國 79 年。
42. 《詩詞例話》，周振甫，北京：中國青年，1990 年。
43. 《中國文學理論》，劉若愚著、杜國清譯，台北：聯經，民國 80 年。
44. 《中國文學批評史》，王運熙、顧易生，台北：五南，民國 80 年。
45. 《文學理論》，RENE & wellek 著、梁伯傑譯，台北：水牛，民國 80 年。
46. 《中國古代文學創作論》，張三康，台北：史文哲，民國 80 年。
47. 《經世思想與文學經世》，林保淳，台北：史文哲，民國 80 年。
48. 《明清文學史》，唐富齡編，武昌：武漢大學，1991 年。
49. 《詩史本色與妙悟》，龔鵬程，台北：學生，民國 81 年。

六、總集與別集

1. 《南雷文定》，（清）黃宗義，台北：世界，民國 53 年。
2. 《曝書亭全集》，（清）朱彝尊，台北：中華，民國 55 年。
3. 《龔定盦全集》，（清）龔自珍，台北：新文豐，民國 63 年。
4. 《清人文集別錄》，張舜徽，台北：明文，民國 71 年。
5. 《楚辭補注》，（宋）洪興祖，台北：漢京，民國 72 年。
6. 《李白集校注》，佚名，台北：偉豐，民國 73 年。
7. 《白香詞譜》，舒夢蘭輯，台北：世界，民國 73 年十一版。
8. 《唐宋詩舉要》，高步瀛，台北：學海，民國 75 年再版。
9. 《明宮詞》，（明）朱權等，北京：北京古籍，1987 年。
10. 《詩集傳》，（宋）朱熹，台北：中華，民國 78 年十二版。
11. 《唐詩選注》，余冠英，台北：華正，民國 80 年。

七、其　他

1. 《嶺南文化》，陳乃剛，濟南：同濟大學，1990 年。
2. 《中外文藝禁書大觀》，孫中田、關德富主編，長春：吉林文史，1992 年。
3. 《清代禁毀書目》，（清）姚覲元編，台北：成文（據民國 46 年排印本影印）。
4. 《清代禁書見錄》，孫殿起，台北：成文（據民國46年排印本影印）。

乙、期刊論文

1. 〈屈大均傳〉，朱希祖，《中山大學文史學研究所月刊》，一卷五期，民國22年5月。
2. 〈明末愛國詩人屈大均〉，黃海章，《中山大學學報》，1959年第三期。
3. 〈屈大均之生平與著述〉，柳作梅，《東海大學圖書館學報》第八、九期，民國56年5月。
4. 〈屈大均澳門詩考釋〉，曹思健，《珠海學報》第三期，民國59年6月。
5. 〈屈大均研究〉，何敬群，珠海學院中文研究所碩士論文，民國60年。
6. 〈屈大均著述考〉，朱希祖，收於《中國近三百年學術思想論集》，1978年。
7. 〈試論屈翁山及其創作〉，黃軼球，《暨南大學學報》，1979年第一期。
8. 〈歌舞之事與故國之思——清初詩歌側論〉，朱則杰《貴州社會科學》，1984年第一期。
9. 〈屈大均與鄉邦文化〉，李涵，《嶺南文史》，1984年第二期。
10. 〈古典詩歌中形象與情意的關係〉，葉嘉瑩，《復旦學報》，1984年第二期。
11. 〈屈大均的愛國詩篇與雨花臺衣冠塚案〉，倪懷烈，《嶺南文史》，1985年第二期。
12. 〈屈翁山的哲學思想初探〉，黃文寬，《嶺南文史》，1986年第二期。
13. 〈清初遺民詩概觀〉，趙永紀，《復旦學報》，1987年第一期。
14. 〈翁山詩外〉版本考略，嚴志雄，《國立中央圖書館館刊》，二十三卷第二期，民國79年12月。
15. 〈屈大均和他的《廣東新語》〉，李華，《清史研究》，1992年第一期。
16. 〈嶺南詩論的地方特色〉，譚召文，《華南師範大學學報》，1991年第四期。
17. 〈韓愈詩對嶺南詩派的影響〉，陳永正，《中山大學學報》，1993年第二期。
18. 〈明末清初社會詩初探〉，黃桂蘭，收於《中央大學第二屆明清之際中國文化的轉變與延續學術研討會論文集》，民國82年4月。